거기서,
도란도란

거기서, 도란도란 1 (큰글씨책)

초판 1쇄 발행 2018년 10월 15일

지은이 이상섭
펴낸이 강수걸
편집장 권경옥
펴낸곳 산지니
등록 2005년 2월 7일 제 333-3370000251002005000001호
주소 부산광역시 해운대구 수영강변대로 140 BCC 613호
전화 051-504-7070 | 팩스 051-507-7543
홈페이지 www.sanzinibook.com
전자우편 sanzini@sanzinibook.com
블로그 http://sanzinibook.tistory.com

ISBN 978-89-6545-551-6 04810
978-89-6545-550-9 (세트)

* 책값은 뒤표지에 있습니다.
* 이 도서의 국립중앙도서관 출판예정도서목록(CIP)은 서지정보유통지원시스템 홈페이지(http://seoji.nl.go.kr)와 국가자료공동목록시스템(http://www.nl.go.kr/kolisnet)에서 이용하실 수 있습니다.(CIP제어번호: CIP2018031427)

큰글씨책

거기서, 도란도란 ❶

부산 구석구석
이상섭 팩션집

산지니

차례

1권

1부
물결 따라

여섯, 아니 다섯 9
효자가 피워 올린 봉홧불 18
갯마을 소묘 28
뭐뭐 38
저기 둥둥 떠 있던 47
버드나무 아래서 81

2부
바람 따라

영원히 함께 91
마지막 숨바꼭질 111

2권

안녕, 나의 메카여 7
이꿍이꿍 쩌꿍쩌리꿍 19
어와둥둥 27

3부
사람 따라

아리아리 아라리 39
그해 사흘 동안 53
저 벼들처럼 어깨를 겯고 62
동래의 마지막 기생 82
어머니의 노래 98

실감과 감동 - 조갑상(소설가) 115
작가의 말 119

1부

물결 따라

오륙도

해운대 간비오 봉수대

일광과 기장 학리 해녀

우암동 소막

용호동 신선대

동삼동 패총전시관 내 사슴선각무늬토기

여섯,
아니 다섯

오륙도

회사에서 또 무슨 일이 생겼나 보다. 그렇지 않고서야 근무시간에 뜬금없이 등대섬에 가자고 우길 이유가 없잖은가. 더군다나 오륙도 등대섬이야말로 동백이 죽을힘을 다해 붉은 꽃망울을 밀어 올리는 곳도 아니잖은가. 어쩌면 그런 연유로 내가 되물었을 것이다. 거긴 왜 가자는 거야? 안 그래도 바다라면 신물 나게 볼 사람한테? 가기 싫으면 관둬, 나 혼자 가든지 할 테니까! 그녀의 말을 듣는 순간 이크, 싶었다. 그녀의 목소리에 이미 진득한 소주향이 배어 있었던 것이다. 꼴에 포장마차에서 진로병과 꽤 오랫동안 어울린 모양이었다. 그녀에게 잠깐 기다리라는 '카톡'을 보내놓고 재빨리 택시에 올라탔다. 그녀가 기다리는 승두말로 향하면서도 그녀의 뜬금없는 제의에 머릿속이 뒤숭숭했다. 하지만 어쩌겠는가.

며칠 뒤면 그녀를 보고 싶어도 볼 수 없으니 도리 없이 달려갈 수밖에.

사랑이란 참 묘하다. 때론 우연에 의해, 때론 오해에 의해, 때론 자신도 모르게 시작되곤 하니까. 유달리 추웠던 그해 겨울, 혹독함을 뚫고 그녀를 향한 사랑의 감정이 싹틀 줄은 몰랐다. 그때 나는 또 한 번의 비정규적인 삶을 '쫑낸' 직후였다. 설상가상으로 아버지마저 회사로 들이닥친 구조조정의 파도를 견디지 못하고 좌초되어 집안 분위기마저 묘했다. 아버지의 나이는 오십육 세. 아이엠에프 때 유행했던 '사오정' '오륙도'란 말을 뒤늦게 아버지가 몸소 실천하게 된 것이다. 남자 둘이 한꺼번에 집구석에서 빈둥거리자 엄마의 한숨은 높아갔다. 집에 가만히 누워 있는 것마저 힘들 정도였다. 엄마의 한숨이 거친 어느 날, 나는 걸려 있던 점퍼를 꺼내 입고 현관을 나섰다. 걷다 보니 정류장 표지판이 보였고, 가장 먼저 오는 버스를 타리라 맘먹었다. 버스는 쉬 오지 않았다. 오장육부에 남아 있는 간밤의 숙취도 없앨 겸 편의점으로 향했다. 버릇처럼 펩시콜라를 집어 정류장으로 돌아왔을 때 그녀가 서 있었다. 나처럼 왼손에 펩시콜라 캔을 쥔 채. 공교롭게도 그녀와 내가 도착한 곳은 오륙도였다. 그녀는 그녀대로 펩시 캔을 쥔 채 산책을 했고 나 또한 캔이 뜨거워지도록 싸쥔 채 해돋이광장이며 유채꽃이 핀 거리를 배회했다. 그러다가 나란히 선 곳이 승두말

언덕배기였다. 남해와 서해의 기점은 홍도죠. 그럼, 동해와 남해의 기점이 어딘 줄은 알아요? 뜬금없이 그녀가 물었다. 내가 놀란 눈으로 그녀를 돌아보았다. 바로 여기 오륙도예요, 발밑을 보세요. 내 입에 아, 소리가 절로 터져 나왔다. 거기에는 오륙도를 기준으로 동해와 남해를 가른다는 동판 경계석이 놓여 있었던 것이다. 그러니까 표지석에 의하면 그녀는 남해에, 나는 동해에 서 있는 셈이었다고나 할까. 아무튼 그 와중에도 동해에서는 먹이를 찾아 크리넥스 티슈같이 하얀 갈매기가 날고 있었고, 그녀가 서 있는 남해에서는 컨테이너 박스를 가득 실은 선박들이 천천히 항구로 몰려오는 중이었다. 나는 발밑의 동판을 밟고 서서 양쪽 바다를 바라보았다. 어쩌면 그때 나는 이미 오륙도 너머를 꿈꾸었는지 모른다. 다만 장대를 건네주는 이가 없이 지 오륙도를 훌쩍 뛰어넘지 못할 뿐이라고 애써 자위하면서. 그때 그녀가 다시 말을 걸어왔다. 왼손에 쥔 펩시라, 보아하니 댁도 주류는 아닌 모양이네요. 네, 비정식 삶마저 얼마 전 계약에 실패하면서 놈팽이가 돼버렸죠. 그럼 새로운 진로를 모색해야겠네요, 저기 선착장 앞 포장마차, 어때요? 그녀는 내 수락도 없어 성큼성큼 앞서 걷기 시작했다. 잠시 뒤 우리는 포장마차에 마주 앉았다. 멍게는 '회사 개'가 생각나서 맘에 안 드니까, 밑바닥 인생을 제대로 인식할 겸 광어나 한 마리 해치우죠. 어때요? 그녀가 약간 상기된 목소리로 말했다. 아마 그래서 되물었을 것이다. 댁도 뭐 회사에 있는 '개작자'한테 단단히 물렸나 보죠? 그걸 어떻게 알았어요? 그거야 뭐 빨간 사과 안에 까만 씨 박힌 것처럼 뻔한 사실이죠. 그럼 하나 물어볼게요. 여직원이 사장 팬티와 양말까지 사 와야 하나요? 그녀는 생각만 해도 울화가 치민다는 듯 소주병의 목을 비틀었다. 그렇게 해서 '귀만 있고 입이 없다'는 잡무직 그녀와 '잡념만 있고 집념이 없다'는 나는 초면임에도 불구하고 의기투합해 술을 마셨고 둘은 빠르게 취해갔다. 그렇게 마신 진로 소주 덕분인지, 이후 나는 새로운 진로를 모색할 수 있었다. 그러니까 그날의 그녀가 아니었다면 한국해양수산연수원의 오션폴리텍과정을 이수하고 항해실습까지 나갈 용기도 얻지 못했을 것이다.

약속 장소에 도착하니 그녀는 술자리를 털고 선착장 앞에서 서성이고 있었다. 갑자기 섬엔 왜 가자는 거야? 그녀를 보자마자 다그쳤지만 그녀는 되레 딴청이었다. 서둘러, 안 그러면 등대섬까지 헤엄쳐야 할지 모르니까. 선착장으로 고개를 돌리니 배는 고삐를 풀고 바다로 달려갈 것처럼 제 몸을 부르르 떠는 중이었다. 비틀거리며 그녀가 배에 오르려 하자 선원이 제지하고 나섰다. 이 아가씨, 진짜 고집 세네. 승선 불가라고 몇 번을 얘기해야 해! 그래서 보호자 불렀잖아요! 그녀도 지지 않고 큰소리로 맞섰다. 그러자 선원이 난감하다는 듯 묘한 표정을 지었다. 제가 책임지고 동행하겠습니다. 그럼, 되겠습니까? 내 말에 선원은 마지못해 선장을 향해 출항신호를 보냈다. 배가 신경질을 부리듯 바다를 가르기 시작했다. 술기운이 몰려오는지 그녀는 뱃전에 쪼그리고 앉아 불어오는 바람에 온몸을 내맡기고 있었다. 방패섬과 솔섬이 보였다. 오륙도란 이름을 만들게 한 주인공. 지금은 썰물 때이니 두 섬은 깍지 낀 손을 놓고 있을 것이다. 하지만 돌아오는 어두운 시각에는 하나가 되어 있겠지. 나는 고개를 꺾고 앉은 그녀를 힐끔거렸다. 그녀는 미동조차 없었다. 배는 수리섬, 송곳섬, 굴섬을 차례로 지나 등대섬으로 향했다. 배가 나아갈수록 하얀 등탑은 제 몸피를 점점 부풀렸다. 등댓불을 밝힌 것이 1937년부터라고 했던가. 그때부터 지금까지 뱃길을 안내하는 불빛을 하루도 끈 적이 없단다. 안전한 뱃길을 위해서. 뱃사람들은 저 등댓불을 보는 순간 무사히 당도했다는 환희에 휩싸여 이제 망할 놈의 '쇠배'가 아닌 마누라 '가죽배' 탈 일만 남았다며 흰소리를 친다고 했었지. 밭섬 내릴 분, 준비하세요! 뱃머리가 섬에 접안하기 무섭게 낚시꾼들이 먼저 섬으로 올랐다. 유일한 유람객인 우리도 그 뒤를 따랐다.

생각보다 길이 가팔랐다. 조금 걸었는데도 들이마시는 숨에 바다가 빨려 들어오는 듯했고 내뱉는 숨에 섬이 통째로 흔들리는 것 같았다. 그렇게 얼마나 올랐을까. 하얀 몸매의 등대 건물이 우리를 가로막고 섰다. 오륙도로 130번지. 부산지방

해양항만청 오륙도 항로표지관리소. 1998년에 새로 지어졌다는 일명 '바람의 집.' 이름에 걸맞게 건축물 곳곳에 창과 문이 위치해 있었다. 그 창과 문으로 바라보는 바다는 마치 한 폭의 액자그림같이 고왔다. 그제야 이곳에 오길 잘했다는 생각이 들었다. 그때 어디선가 개 짖는 소리가 났다. 제길, 여기도 개가 있어! 그녀가 취기 어린 목소리로 투덜댔다. 기회다 싶어 내가 묻고 나섰다. 회사에 있던 개가 또 팬티 심부름 시킨 모양이지? 그녀는 느리게 고개를 내저었다. 그럼 벗은 팬티 빨래까지 시키디? 암튼 그것보다는 엄청 심한 짓. 도대체 무슨 짓을 했길래? 둘이서 오붓하게 교외로 나가 한우나 먹고 오자면서 내 엉덩이를 더듬었으니까. 그래서? 그래서는 뭐 그래서야, 면상에다가 서류철 집어던지면서 "내가 그리 '싼 년'으로 보이냐, 이 개잡놈아!" 하고 소리치고 나와버렸지. 그거, 직장 때려치웠다는 얘기나 마찬가지잖아. 진작부터 마음먹고 있던 일이야, 행동이 늦었을 뿐이지. 그럼, 이제 어떡할 건데? 더 늦기 전에 공무원시험 준비나 다시 할까 싶기도 하고, 아무튼 뭐 그래. 그녀는 강아지가 있는 쪽으로 몸을 틀었다. 올라오고 보니 사무실 겸 숙소인 모양이었다. 야간 근무로 지금 깊은 잠에 빠졌는지 안에서는 아무 반응이 없었다. 나무의자를 개조한 강아지 집도 있었고 '다롱이 집'이라는 문패도 보였다. 반가워, 다롱아! 그녀가 이름을 부르자 다롱이는 제 꼬리를 흔들어댔다. 그녀는 한참 동안 다롱이와 어울렸다. 마치 십년지기를 만난 것처럼. 그녀가 갑자기 생각났다는 듯 나를 돌아보며 물었다. 근데 다롱이라면 아롱이도 있어야 하는 거 아냐? 그러고 보니 그런 것도 같았다. 하지만 주위를 아무리 둘러봐도 다른 개는 보이지 않았다.

건물 모서리를 돌자 허연 배설물로 뒤덮인 굴섬의 절벽이 눈을 파고들었다. 배설물의 주인공은 가마우지. 등탑을 향해 가던 그녀가 불현듯 멈춰 서서 단애를 노려보았다. 마치 보금자리에 새가 한 마리도 보이지 않는 게 수상하다는 듯이. 철새들이라 날이 풀리면서 다들 떠났으니 남아 있을 리 있어? 내가 알은체하며 나서자 그녀가 눈매를 일그러뜨렸다. 그럼, 저기 홀로 남아 있는 새는 뭔데? 그녀의 말에 절벽을 찬찬히 살피지 않을 수 없었다. 정말 가마우지 한 마리가 미동도 없이 난바다를 응시하고 있는 게 아닌가. 저 녀석은 왜 무리를 따라가지 않고 홀로 남았을까. 혹시 돌아오지 않은 짝을 기다리고 있는 것은 아닐까. 아, 짜증나. 오늘따라 왜 죄다 외로운 것들만 눈에 띄는 거지? 그녀가 구두덜거렸다. 그때 등 뒤에서 짜증을 부린 주인공이 너냐고 나무라듯 네냐웅, 하는 소리가 났다. 돌아보니 운동화 한 짝만 한 고양이가 우릴 노려보고 있었다. 이것 봐, 고양이마저 혼자잖아. 참다못한 내가 나섰다. 이 녀석이 우리가 찾던 아롱이일 수도 있잖아? 내 흰소리에 그녀가 눈을 흡떴다. 억지로 짝 만들지 마, 인생은 어차피 '홀'인 거 나도 잘 알고 있으니까.

3마일까지 빛을 보내는 해발 56미터의 등탑. 나선형으로 몇 바퀴를 돌아도 정상은 나타나지 않았다. 앞서 묵묵히 계단을 오르던 그녀가 갑자기 발걸음을 멈췄다. 나는 무슨 일인가 싶어 그녀의 뒤태를 살폈다. 그녀가 벽을 보며 궁시렁거린다. '이루어질수없는' 사랑이라니? 누가 이따위 띄어쓰기도 엉망인 낙서를 여기다 갈겨놓은 거야? 그녀는 글자들을 지워버릴 듯 손으로 문지르기까지 했다. 그녀의 말이 사실인지 확인하기 위해 눈을 디밀었다. 띄어쓰기에는 아무 이상이 없었다. 내가 봤을 땐 이보다 멋진 말은 없을 것 같은데? 내 말에 그녀가 나를 돌아보았다. 다시 봐, '이루어질 수 없는 사랑'이 아니라 이루어질 '수없는' 사랑이라고 써놓은 것 같은데? 그녀가 다시 벽으로 눈길을 박았다. 그러더니 고개를 돌려 호오, 하는 감탄사를 내지르며 엄지까지 추켜세웠다. 으쓱, 내 어깨가 허공으로 부웅, 치솟는 것 같았다. 그 후 그녀는 이내 계단을 오르기 시작했다. 나 또한 그녀 뒤를 따랐다. 한데 그녀의 손이 내 손을 끌어잡는 것이 아닌가. 무슨 일인가 싶어 시선을 돌리자 그녀가 얼버무렸다. 그냥, 혼자서 올라가니 힘들어서 그래. 맞잡은 손 때문일까. 손에서 시작된 온기는 내 심장으로 옮겨졌고 급기야 심장은 터질 듯이 쿵쾅거렸다. 그런데도 그녀는 씩씩거리며 계단만 밟아댔다. 멀게만 느껴지던 등탑이 드디어 모습을 드러냈다. 머리 위에 얌전히 놓인 등대의 심장. 심장은 붉지 않았고 안전한 투명유리 속에 감싸여 있었다. 뜨겁고 붉은 것은 본디 희다고 했던가. 그녀가 조심스레 다가가 등대의 심장을 매만졌다. 그러더니 가슴으로 꼬옥 안기까지 했다. 마치 식은 제 심장을 데우듯이. 그녀는 그렇게 한동안 등대의 심장과 제 심장을 맞댄 채 눈을 감고 있었다. 그러다가 천천히 눈을 뜨고서 아득한 수평선을 바라보았다. 며칠 뒤면 네가 탄 실습선이 여기를 지나가겠지? 그녀가 혼잣말하듯 나직이 말했다. 응, 이곳을 지나지 않고는 오대양 육대주로 나아갈 수 없으니까. 그럼, 이곳을 지날 때 힘내라고 소리쳐줄래? 갑자기 그건 왜? 그래야 힘이라도 얻을 수 있을 것 같아서. 그렇다면 네 귀에 들릴 정도로 소리칠게. 몇 번쯤? 음, 여섯 번이 좋겠네, 뭐 그 정도라면 의미도 있을 테고. 그럼, 다섯 빈만 외쳐도 돼. 그건 왜? 다섯 속에는 이미 여섯이 포함돼 있으니까. 알았어, 약속하지. 고마워. 그녀가 내 품으로 스르르 무너져 내렸고 나는 기다렸다는 듯이 그녀를 사정없이 끌어안았다. 멀리 수평선 위로 또 다른 가마우지 한 마리가 날아오고 있었다.

효자가 피워 올린 봉홧불

해운대
간비오 봉수대

금세 숨이 목구멍에 차올랐다. 그렇다고 멈출 수 없는 길이었다. 어머니를 위해서라면 기꺼이 자신의 목숨까지 바칠 각오가 돼 있었다. 그렇게 오르길 얼마나 했을까. 눈앞에 봉수대가 보였다. 명은 재빨리 몸을 낮추었다. 그리고 주위를 두리번거렸다. 후망꾼도 보이지 않았고 창고 건물 앞에도 사람 그림자는 없었다. 하지만 이 정도로 안심할 수 없는 일, 명은 잠시 더 기다려보기로 했다. 요의를 참지 못해 숲으로 들어간 봉군이 바지춤을 추스르며 나타날 수도 있는 일이었다. 그는 혹시 싶어 발밑의 돌멩이 하나를 주워 들었다. 그리고 힘껏 봉수대를 향해 내던졌다. 탁, 소리가 났다. 그는 얼른 몸을 낮추고 다시 한 번 동정을 살폈다. 아무런 인기척이 없었다. 명은 그제야 가슴에 품은 부싯돌을 어루만졌다. 그리고 미리 준비한 솜뭉치를 꺼내 들었다. 그런 다음 재빨리 연대를 향해 내달렸다. 땔감이 마련된 아궁이 앞에 다가가자 부싯돌을 댕기기 시작했다. 마음이 급해서인지 불씨가 쉬 살아나지 않았다. 가슴이 마구 방망이질했다. 하지만 여기까지 와서 포기할 수도 없는 일이었다. 그때 파파팍, 불씨가 솜뭉치를 휘감더니 이내 혀를 날름거렸다. 그제야 명은 안도의 한숨을 내쉬었다.

그 시각, 좌수영성의 수군절도사(수사)는 내아에서 잠시 쉬고 있었다. 동절기를 대비해 선박 수리며 땔감이며 식량 준비로 하루하루가 눈코 뜰 새 없는 나날이었다. 오늘도 이른 아침부터 성내를 순시하며 수군들을 채근하다 보니 어느새 해가 중천이었다. 그때 민호가 달려와 간비오 봉수대에서 수(연기)가 올랐다는 급한 전갈을 알렸다. 수사는 자신의 귀를 믿을 수 없어 다시 한 번 만호를 향해 되물었다. 뭐라구 그랬느냐? 예, 제 눈으로 확인한 사실이옵니다. 수사는 얼른 내아를 박차고 나와 뜰 앞에 섰다. 그리고 재빨리 간비오산 쪽으로 눈길을 던졌다. 투명한 하늘 위로 허연 연기가 피어오르는 중이었다. 수사는 그것을 보면서도 제 눈을 의심하지 않을 수 없었다. 통신사 행렬이 오가는 태평시절에 봉홧불이라니. 황령산 봉수대에서도 연기가 올랐느냐? 황령산 봉수대는 주선으로 다섯 기의 봉수대를 갖춘 곳이었다. 간비오 봉수대는 황령산의 봉수에 따라 기장 남산으로 전달만 하는 일종의 보조간선이었던 것이다. 확인해본즉 황령산 봉수대는 여전히 1봉수만 오르고 있었습니다. 만호가 고개를 꺾은 채 말했다. 수사는 그 말을 듣자 난감하기 짝이 없었다. 황령산 봉수대에서 평상시처럼 1봉수만 연기가 오르고 있다니 이게 무슨 일이란 말인가. 포도장을 보내 수를 올린 범인을 잡아들이라! 예, 알겠습니다.

수사 나으리! 수를 올린 범인을 잡아 동헌 뜰에 대령시켰사옵니다! 수군 하나가 내아로 달려와 아뢰었다. 그래? 범인을 벌써 잡았다고? 한 식경도 지나지 않아 범인을 잡아들이다니 수사조차 믿을 수 없었다. 범인을 어디서 잡았더란 말이냐? 예, 그게. 수군이 잠시 머뭇거렸다. 얼른 말하지 못할까. 실은 범인이 불을 지르고도 현장을 떠나지 않고 마치 우리를 기다리고 있는 듯했사옵니다. 뭐라구? 수사는 제 귀를 의심했다. 알았으니 잠시 먼저 동헌에 가 있거라. 수사는 수군을 돌려보낸 후 옷매무새를 가다듬었다. 나라의 안위를 해하는 막중한 죄를 저지르고도 현장에 남아 고스란히 잡히기를 기다렸다? 그렇다면 필시 말 못할 사연이 있을 터. 수사는 잰걸음을 치며 동헌으로 향했다. 동헌 앞에 서자 수사는 제 눈을 의심하지 않을 수 없었다. 포승줄에 묶인 범인은 예상과 달리 어린 꼬마였던 것이다. 이런 철딱서니 없는 녀석이 범인이라니. 수사는 마루청에 놓인 의자에 앉자마자 호통부터 내질렀다. 네가 나라의 안위를 해친 짓을 한 것은 알고 있느냐? 땅바닥에 무릎을 꿇고 앉아있던 명이 천천히 고개를 끄덕였다. 그럼, 네 녀석이 나라의 안위를 해치는 중죄를 저지른 것도 알고 있으렷다? 녀석이 다시 고개를 주억였다. 그렇다면 왜 수를 올렸느냐? 그제야 명은 숙이고 있던 고개를 쳐들었다. 제 어머님 때문에요. 뭣이? 고작 어미 때문이라고?

아이의 말을 들은 수사는 잠시 난감했다. 아이의 말대로라면 살해사건이 분명했다. 그렇다면 그건 그의 권한을 넘어서는 일일지도 모른다. 하지만 이상하게 마음이 끌렸다. 어쩌면 그런 마음을 품게 만든 것이 그를 바라보는 아이의 애처로운 눈빛 때문이었는지 모른다. 그는 직접 동래부사의 협조를 구하는 관문을 작성해 띄웠다. 그리고 지금 초조하게 위임서가 도착하길 기다리는 중이었다. 듣자 하니 내일이 발상이라니 지체했다가는 무덤에 묻힌 사람을 도로 파내야 할 수도 있었다. 그때 성문 앞에서 수많은 말발굽 소리가 일었다. 기다리고 기다리던 파발꾼이었다. 그래, 어찌 되었느냐? 여기, 수결이 담긴 부사의 위임장이옵니다. 그래? 그러면 먼저 의관과 검관부터 아이의 집으로 보내라! 예, 분부대로 거행하겠니이다. 한데 아이는 어떻게 하지요? 곁에 섰던 만호가 물었다. 그건 내가 알아서 하마.

저기입니다. 명이 손가락으로 제 어미를 발견한 곳을 가리켰다. 손가락으로 가리킨 곳은 마을과 동떨어진 인적이 드문 해안가였다. 게다가 그곳은 큰 암초로 둘러싸여 있어 은밀하기 짝이 없었다. 수사는 말에서 내려 천천히 바닷가로 향했다. 수사를 기다렸다는 듯이 세찬 파도소리가 너울을 일으키며 달려들었다. 덩달아 바람까지 날뛰었다. 바위 사이에는 파도가 갈아 만든 고운 모래가 밭을 이루고 있었다. 수작을 벌이기에는 맞춤한 장소였다. 그렇다면 필시 범인은 이곳 지리에 능한 사람이렷다? 흐음, 수사가 기침으로 호흡을 가다듬더니 곁에 선 수군 하나에게 물었다. 시신을 발견한 시각이 언제였다고 했더냐? 그제 저녁이옵니다. 아이의 어미가 갯가에 조개 캐러 가선 돌아오지 않아 저 아이가 찾아 나섰다가 여기서 발견했다더이다. 수군의 말대로라면 그저께까지 운촌마을 일대 산기슭에서 군선을 수리하기 위해 목재를 베어 나르던 날이었다. 그렇다면? 불길한 생각이 스쳤지만 일단 증거를 찾는 것이 우선이었다. 아이를 이리 데리고 오라! 수사가 소리쳤다. 그러자 수군이 아이를 대동한 채 현장으로 달려왔다. 수사는 허리를 꺾어 아이의 머리를 쓰다듬었다. 얘야, 마음 아프겠지만 하나만 묻자. 대답해 줄 수 있겠니? 아이가 고개를 끄덕였다. 혹시 엄마의 머리가 어디로 향하고 있었는지 기억하겠느냐? 바다 쪽으로요. 그럼 머리에 피를 흘린 흔적이 있더냐? 머리뿐만 아니라 두건에도 핏자국이 있긴 했습니다. 그래? 수사는 아이의 말에 혹시 모를 실마리를 찾기 위해 바위틈이며 모래톱 속까지 샅샅이 뒤지라고 수군에게 명했다. 하지만 찾아낸 단서라고는 고작 녹슨 편자 하나가 전부였다. 혹여 자진했을지 모르는 일이니 복어 알, 쌌던 종이, 헝겊 나부랭이라도 허투루 하지 마라. 다시 한 번 군졸에게 일렀다. 그런 다음 수사는 혼자 바위 표면을 꼼꼼히 살피기 시작했다. 머리에 피가 났다면 필시 어디엔가 부딪쳤을 터. 그때, 수사의 눈을 파고든 것이 있었다. 뾰족 튀어나온 모서리에 묻어 있는 터럭 한 올이었다. 수사는 터럭을 떼어내고 그 자리를 유심히 살폈다. 그런 다음 혼자 휑하니 말을 타고 운촌으로 향했다. 범행의 흔적을 찾던 수군들은 무슨 일인가 싶어 서로 바라보며 눈만 씀벅였다.

금줄이 처진 대문 밖에는 마을 사람들이 모여 웅성거리고 있었다. 말을 탄 수사가 나타나자 창을 쥐고 있던 수군 하나가 소리쳤다. 다들 저리 비켜라, 수사 나으리 행차시다. 그 말에 사람들은 일제히 한쪽으로 물러섰다. 수사는 대문에 다다르자 말을 멈추었다. 그리곤 아이의 집을 일별했다. 남정네 없이 혼자 아이를 키우는 형편이라 초라했지만 정갈한 편이었다. 말에서 내린 수사는 안마당으로 성큼 들어섰다. 검험을 하던 검관이 얼른 방문을 열어 수사를 맞이했다. 안방으로 들어서자 초주 냄새가 훅 끼쳤다. 그래, 검시는 다 끝났느냐? 예, 목 주위에 종이를 바르고 초주를 발랐더니 보이지 않던 멍 자국이 나타났습니다. 그리고? 손톱 밑에서 범인의 것으로 보이는 머리카락이며 핏자국도 확인했습니다. 그래? 그 머리카락을 볼 순 없겠느냐? 여기 있습니다. 수사는 검관이 건네준 머리카락을 쥐고서 뚫어져라 살폈다. 그러더니 이윽고 흐음, 하고 신음을 뱉었다. 검시 중인 나신의 여인에게 다시 눈길을 주었다. 키는 그리 크지 않았고 머리숱은 짙고 곧았다. 비록 햇볕에 많이 그을렸지만 이목구비가 뚜렷해 어디서도 눈에 띌 만한 미인이었다. 혹시 머리 뒤쪽도 살펴봤느냐? 예, 아무런 상처를 발견할 수 없었습니다. 그럼 이만하면 됐다. 검관은 무슨 일인가 싶어 눈을 홉떴다. 억울하게 생을 마감했으니 고인에게 예를 다하고 서둘러 장례 절차를 돕도록 하라!

여봐라, 모든 병사는 한 사람도 빼놓지 말고 동헌 마당에 모이도록 하라! 수사의 명령을 받은 만호와 갑사는 재빠르게 수군들을 소집하기 시작했다. 여기엔 잡색군과 능노군, 배지기도 예외일 수 없었다. 그러자 그들은 이게 무슨 일인가 싶어 두 눈 두리번거리며 동헌으로 모여 들었다. 수사 나으리, 다들 모였습니다. 내아로 기별이 오자 수사는 작정한 듯이 미간을 좁히며 동헌으로 나섰다. 수군거리던 병사들은 수사가 나타나자 일제히 입을 다물었다. 수사가 집결한 군사들의 정면에 섰다. 내가 자네들을 모이게 한 것은 불미스러운 일 때문이다. 우리가 왜 여기 있는가. 적을 막아 나라를 지키기 위해서가 아닌가. 이는 달리 말하면 적으로부터 백성의 안위를 살피는 일과 다름없을 터. 헌데 그런 막중한 임무를 잊고 되레 백성에게 억울함을 주다니! 이게 과연 있을 수 있는 일인가. 모여 있던 수군들이 웅성거리기 시작했다. 수사는 잠시 말을 멈추었다. 병사들의 수군거림이 잦아들자 다시 말을 이었다. 며칠 전부터 운촌 일대의 야산에서 목재를 캔 사람들은 앞으로 나서라! 명이 떨어지자 하나둘 앞으로 나섰다. 수사가 다시 말을 이었다. 그대들 중에서 혹여 흑심을 품어 본의 아니게 여인을 겁탈하려 한 자가 있다. 자진해서 나선다면 극형만은 피하도록 하겠다. 썩 나서거라! 하지만 스스로 범인이라고 나서는 자는 없었다. 수사는 그럴 줄 알았다는 듯이 소리쳤다. 그럼 지금부터 모두 웃옷을 벗도록 하라. 그리고 상투도 모두 풀어라. 앞에 도열한 사림들이 웅성거렸다. 하지만 감히 명령을 어기려 하는 자는 없었다. 서로 눈치를 보며 하나둘 웃옷을 벗기 시작했다. 수사는 여남은 남정네들의 상체를 살폈다. 그러다가 능노군 한 사람에게 눈길이 멎었다. 유달리 몸에 멍과 생채기가 많은 자였다. 그리고 풀어헤친 머리카락이 반곱슬이 분명했다. 수사가 곱슬머리에게 다가가 물었다. 자네는 몸에 무슨 상처가 그리 많은가? 예, 벌목하다가 난 상처이옵니다. 그래? 여봐라, 마부를 대령시켜라. 잠시 뒤 마부가 동헌에 나타났다. 이 자가 급한 일이 있다며 그제 말을 빌려 간 것이 사실이냐? 예, 틀림없는 사실이옵니다. 그럼 네놈에게 묻겠다. 그제 말을 빌려 어디에 갔다 왔느냐? 전 그저 마음이 답답해 그냥 바닷가에서 바람이나 쐬려고 했을 뿐입니다. 아녀자를 겁탈하려고 나간 것이 아니고? 아니옵니다, 전 절대 그런 일을 저지를 놈이 못되옵니다. 그럼, 네 머리에 난 상처는 어찌 된 것이냐? 이, 이건 바위에 부딪쳐서 그만. 그럼 그때 부딪힌 바위에서 찾은 이 곱슬한 머리카락이 네놈 것이 확실하구나. 근데 이걸 어쩐다, 이 고부장한 머리카락이 죽은 여인의 손톱 밑에서도 나왔으니! 그제야 능노군은 목 놓아 울기 시작했다. 나으리, 죽을 죄를 지었사옵니다, 용서하여주옵소서. 시끄럽다! 여봐라, 이 놈을 옥에 가두고 군법으로 다스리도록 하라.

명은 어린 상주답게 굴건제복하고 오동나무 지팡이를 쥔 채 빈소를 지키고 있었다. 명 옆에는 어린 동생 둘이 쓰러져 잠들어 있었다. 그래, 성복제는 지낸 모양이구나. 수사의 목소리가 나자 명이 자리에서 벌떡 일어났다. 그럼 예를 갖추어야겠지? 수사는 두 번 반 절을 한 후 상주에게도 큰절을 올렸다. 덕분에 원혼이 되어 떠돌 일은 없어졌으니, 어미에게 큰 효도를 했구먼. 이게 모두 나으리 덕분이지요. 아니, 아니, 수사는 고개를 저었다. 그런데 하나만 물어도 되겠느냐? 명이 고개를 끄덕였다. 봉수대에 올라가 불을 피울 생각은 어찌하게 되었느냐? 제 할아버지가 봉군이셨거든요. 그랬구나. 그래 어디서 근무하셨구? 여기 간비오 봉수대에 근무하셨습니다. 그렇구나. 간비오가 큰 나무를 뜻한다더니, 그래 그런지 큰 인물이 났구먼. 수사는 슬며시 미소를 지어 보였다. 그러자 명도 화답하듯 살포시 웃음을 지어 보였다.

갯마을 소묘

일광과
기장 학리 해녀

세월이 무섭다. 이곳 풍광이 이렇게 달라지다니. 항아리처럼 부드러운 해안선은 바라보기만 해도 눈맛이 시원했다. 하지만 백사장 일대를 건물들이 차지하면서 솔수평도 사라졌고 모래펄은 피서객이나 찾는 관광지로 변해버렸다. 사람들이 모여들자 메짠데기 솔숲의 하얀 목화송이 같은 학들도 사라져버렸다. 한때 학들이 모여 장관을 이룬 마을이라고 학리라 하지 않았는가. 하지만 이제 학은 눈을 씻고 찾아봐도 찾을 수가 없었다. 달라진 환경이 새마저도 사라지게 한 모양이었다. 회동댁은 눈길을 들어 올려 하늘 눈치를 보았다. 해가 메짠데기를 지나 달음산 쪽으로 달음박질을 치고 있었다. 꽤나 늦은 셈이다. 집에 들러 장비까지 챙겨 선창으로 나서려면 아무래도 서둘러야 할 듯했다. 이렇게 늦어버린 건 망할 놈의 딸내미 못된 성질머리 탓이다.

도시로 시집 간 막내딸이 돌아온 건 이태 전이었다. 막내는 제 탯줄을 끊은 학리의 집을 두고 바로 옆의 일광해수욕장 앞에 터를 잡았다. 그러고는 살림집이 붙은 가게를 세내어 무슨 커피전문점인가를 열었다. 문제는 혼자서 덜렁 준이 손만 잡은 채 왔다는 거였다. 그러니 에미로서는 돌아온 걸 무조건 반길 수도 없는 상황이었다. 그래도 어쩌겠는가. 짬이 나는 대로 회동댁은 메짠데기를 넘어와 딸내미의 살림이며 손주 준이를 돌봐줄 수밖에. 어제도 마찬가지였다. 물일로 지친 몸이었지만 반찬 서너 가지를 싸서 건너왔다. 그런데 딸내미가 밤이 늦도록 들어올 생각을 않는 거였다. 졸지에 발이 묶이고 말았다. 아침에 눈을 뜨니 얼마나 마셨는지 집 안을 술 냄새로 도배까지 해놓고 거실바닥에 잠들어 있었다. 꼭지가 선 김에 딸을 향해 잔소리를 퍼붓다가 자신도 모르게 김서방이란 단어가 불쑥 입에서 터져 나왔다. 그러자 저도 속에 쌓인 것이 있었는지 준이아빠 얘기를 왜 식전부터 꺼내냐며 맞받아쳤다. 그 바람에 한동안 언성을 높이고 말았던 것이다.

등 뒤에서 빵빵, 소리가 울렸다. 회동댁은 자동차가 지나가도록 길가로 바투 붙어 섰다. 그때 막내딸의 목소리가 귓등을 때렸다. 조금만 기다리랬더니 그새 가버리면 어떡해요? 몇 발

이몬 갈 낀데 뭐하로 기름 닳아감서 차를 타나? 일없다, 가서 가게 문이나 얼른 열든지. 회동댁은 그렇게 말한 후 멈췄던 걸음을 내디뎠다. 모시러 나왔으니까 얼른 타요, 누가 보면 괜히 나만 욕먹으니까. 깐에는 이혼하고 내려온 게 걸리긴 걸리는 모양이었다. 그런 걸 왜 사위 얘기 꺼냈다고 발광을 부리는지 원. 잘했다고 에미가 박수 치며 응원가라도 불러줄 줄 알았남. 얼른 타요, 나도 바쁘다니까! 딸내미의 새된 목청에 마지못해 그녀는 승용차 속으로 엉덩이를 디밀었다. 차가 다시 출발했다. 제발 엄마도 고집 좀 그만 부리세요. 고집은, 어매가 무씬 고집을 부맀다꼬 그라노? 그놈의 보자기 짓인가 뭔가도 그렇잖아요. 그기라도 안 하몬 할망구가 여서 뭔 할 일이 있다꼬? 그냥 집에서 쉬면 되잖우. 쉬몬 불러서 집안일만 시키묵을라꼬? 누가 맨날 부탁한데? 그냥 바쁠 땐 잠깐씩 와서 손주 좀 챙겨달라는 거지. 니들이 좋아서 내지른 새끼니 니들이 책임져라, 나도 늙어서 왔다갔다 할라쿤께 무르팍 아파서 몬 하것다. 그렇게 아픈 사람이 물일을 어떻게 자꾸 하려고 해요? 물질이랑 애 꽁무니 따라댕기는 게 같냐? 올해까지만 봐줘요, 내년이면 준이도 알아서 할 거야. 회동댁은 못마땅하다는 듯 창밖으로 시선을 내몰았다. 새로 지은 방파제와 등대가 보였다. 잠시 뒤, 할매제당 앞에 차가 멎었다. 회동댁이 차에서 내리자 딸내미는 휑하니 차를 돌려 왔던 길을 되돌아갔다.

물질에 필요한 연장을 챙겨 나오니 일행은 벌써 배에 올라 있었다. 선장 부부도 보였다. 선장네는 물안경 대신 내시경 한다며 걱정스런 표정이더니 다행히 큰 병이 아닌 모양이었다. 회동댁이 나타나자 선장 영감이 나서서 그녀의 장비를 안아 들었다. 끄응, 하는 소리가 영감의 입에서 났다. 역시 세월 앞에 장사가 없는 모양이었다. 한때 영감의 몸피는 천하장사나 마찬가지였다. 지금처럼 뙤약볕이 내리쬐면 그림자 덕을 볼 정도로. 그렇게 덩치가 컸던 양반이 이제 살점을 죄다 세월에 털려 뼈만 남아 있었다. 선장댁은 그녀에겐 형님이기 이전에 스승이었다. 그녀에게 물질을 가르쳐준 제주 출신 상군해녀였으니까. 그러고 보니 이들과 함께 물밑을 헤매기 시작한 것도 어언 50여 년이 가까워지고 있었다. 남편을 잃고 셋이나 되는 아이들 배 곪지 않게 하려고 뛰어든 바다. 그 험한 세월을 어찌 자식들이 알까. 처음 갓난아기인 막내딸을 업고 나타나자 다들 만류했다. 하지만 살기 위해선 어쩔 수 없었다. 배 위에 갓난아기를 뉘어놓고 물질을 한 번 하고 올라와 배 눈치 살피고 다시 또 물속으로 들어가고. 그러다가 아기가 울면 배에 올라 허겁지겁 짜디짠 젖을 물리지 않았던가. 그렇게 애지중지 키운 딸이 고향으로 돌아왔으니 얼마나 반가운가. 한데 마음 놓고 동료들에게 그 얘기조차 꺼낼 수 없으니 답답할 노릇이었다. 회동댁은 바닷물을 마신 듯 입 안이 짰다.

배가 선돌배기 근처를 천천히 에돌았다. 회동댁의 눈이 저절로 선돌배기 위쪽으로 향했다. 군복을 입은 군인들과 철망을 둘러쓴 초소가 눈에 띄었다. 군부대가 들어서기 전까지 그녀의 일터였던 곳. 비록 없는 살림이었지만 남편도 살아 있고 몸도 젊으니 가난은 금세 훌훌 털어낼 것 같지 않았던가. 더군다나 근처의 광대바우, 고래암, 굿당개 일대는 미역이 잘도 붙는 명당 곽전(藿田)이었지 않은가. 때가 되면 함께 몰려가 개닦이작업부터 시작해 한겨울 내내 미역을 캤다. 쉬 풀리지 않고 쫄깃쫄깃한 맛을 지닌 덕에 전국적인 유명세를 타 몇 오리로 건조를 해놔도 팔려나가기 바빴다. 힘들었지만 돌이켜보면 그때가 가장 회동댁의 일생에서 행복했던 시절이었다. 더군다나 지금처럼 구역 관리권도 없던 시절이었으니 부지런한 사람이 곧 해산물의 임자였기도 했고. 그런 행복을 앗아간 건 전쟁이었다. 전쟁의 여파가 한갓진 어촌까지 미치리라곤 그 누구도 상상치 못했다. 난데없이 철수 명령이 떨어졌다. 무슨 불발탄 처리장이 들어선다고 했다. 어창을 비우고 할매제당 근처로 몸을 피하긴 했지만 영영 그곳으로 돌아갈 수 없으리라고는 생각지 않았다. 일터가 금단의 지역으로 꽁꽁 묶이자 삶은 점점 팍팍해져갔다. 참다못한 남편은 고깃배를 타기로 결심했다. 그것이 남편의 마지막이었다.

일곱 물. 게다가 날물이 시작됐으니 작업에는 더 이상 좋은 때도 없다. 해녀로 변신한 할망구들이 하나둘 바다로 뛰어들기 시작했다. 회동댁도 늦을세라 테왁을 안은 채 부랴부랴 뒤를 따랐다. 수온이 올랐지만 냉기만큼은 여전했다. 몰려온 차가움에 입안의 틀니마저 드르르 떨리는 기분이었다. 이제 무슨 일이 있어도 다섯 시간 정도는 물속 사정만 살펴야 한다. 하지만 바닷속 사정도 예전 같지가 않았다. 방파제 공사 이후 물빛이 탁해지면서 해산물도 현격하게 줄어들었기 때문이다. 해녀들은 더 부지런을 떨지 않을 수 없었다. 그런 터에 같이 내려가도 배 위로 올라올 땐 망사리가 천층만층 구만 층이었다. 회동댁은 자리를 잡은 후 테왁의 고정줄을 내렸다. 그런 다음 깊이 숨을 들이마신 후 물속으로 자맥질을 시도했다. 첫 잠수는 빈손이었다. 나이 탓에 수심이 낮은 곳을 택했더니 그 흔한 보라성게 한 마리도 눈에 걸리지 않았다. 주위를 둘러보았다. 난바다 쪽에서 숨비소리가 터져 나오고 있었다. 선장네는 운 좋게 문어까지 잡아 올렸고 다른 일행도 열심히 망사리를 더듬는 중이었다. 조바심이 났다. 무리겠지만 회동댁도 덩달아 깊은 쪽으로 향해야 할 듯싶었다. 난바다 쪽으로 헤엄친 후 고정줄을 다시 내렸다. 물안경으로 바닷속을 살피니 컴컴한 게 수심이 얼추 십오 미터는 넘어 보였다. 젊은 시절에는 이 정도의 깊이는 약과였다. 하지만 이제 이런 깊이마저도 힘겨웠다. 회동댁은 숨을 몰아쉰 후 물속으로 잠수를 시도했다. 오리발을 놀리며 들어가면 들어갈수록 바다가 벽 같았다. 그 바람에 몇 번이고 바닥에 닿지도 못하고 도로 수면 위로 올라와야 했다. 그렇다고 이대로 포기할 순 없었다. 회동댁은 숨을 고른 후 납덩이를 하나 더 찼다. 그러고는 다시 자맥질을 시도했다. 잠시 뒤 잘피가 자라는 바닥이 눈을 파고들었다. 서둘러 주위를 두리번거렸다. 그때 암벽에 붙어 있는 돌멍게 군락이 눈에 띄었다. 요놈들을 만나려고 이런 고생을 했나 싶은 게 저절로 미소가 펴졌다. 회동댁은 압박해오는 숨을 참으며 헤엄을 쳐서 멍게를 캐기 시작했다. 두 마리를 캐고 세 마리를 캐려는 순간 몸이 뻣뻣해지는 고통이 밀려왔다. 자신도 모르게 으윽, 하는 소리가 터졌고 그만 입이 벌어지고 말았다.

정신을 차렸을 때에는 배 위였다. 바닷물을 제법 마셨는지 입안이 짰다. 하따, 인자 정신이 드는 모양이네? 돌아보니 선장 영감이었다. 내가 와 여게 누버 있는교? 임자가 하는 짓이 불안해서 지켜봤더니 아니나 다를까 사고가 났지 뭐유. 내가요? 믿을 수 없었다. 평생을 하던 물질에서 사고를 당하다니. 하마터면 초상 치를 뻔했구먼. 안 그래도 꿈속 할배제당 위짬에서 여우가 울어 찜찜했었는데, 원. 고작 쥐 난 것 갖고 초상은 무씬. 회동댁은 부러 딴청을 부렸다. 하지만 대대로 내려오는 얘기를 무시할 수는 없었다. 여우가 할매제당 쪽에서 울면 풍어요, 할배제당 쪽에서 울면 마을에 초상이 난다는 얘기를. 회동댁은 영감의 꿈이 거짓임을 일러주고 싶어 연장을 챙기기 시작했다. 그러자 영감이 재빨리 손을 휘젓고 나섰다. 오늘은 그냥 쉬소, 인자 돌아갈 때도 됐으이. 그러고 보니 정신을 잃고 제법 누워 있었던 모양이었다. 어느새 해가 달음산 꼭대기에 걸려 있었다. 그래도 그렇지 잡은 것도 없는데 맨손으로 어찌 가우? 잡은 것이 없다이, 이거는 뭐우? 영감이 건네는 건 분명 그녀가 캔 돌멍게였다. 할망구가 정신을 잃고서도 요것만큼은 손에 꼭 쥐고 있더만. 내가 그랬단 말인가. 영감의 말을 듣고도 믿어지지 않았다. 암튼, 귀한 거니까 요건 넘기지 말고 집에 갖고 가슈. 선장은 그렇게 말한 후 바다 쪽으로 눈길을 돌렸다. 그러고는 목에 걸고 있던 호루라기를 불었다. 그러자 숨비소리를 내던 해녀들이 하나둘 배로 돌아오기 시작했다.

사지가 물 간 문어마냥 늘어지는 게 얼른 집에 가서 눕고 싶었다. 대문 앞에 다다랐을 때였다. 웬 꼬마가 쪼그리고 앉아 있는 게 눈에 띄었다. 이기 누고? 준이 아이가? 어, 할머니! 준이는 몹시 애타게 기다렸다는 듯이 쪼르르 달려왔다. 하이고, 우리 이쁜 강아지. 할매집에 왔으몬 집에서 기달리제 와 밖에 나와 있노? 집에서 기다리다가 심심해서. 손자와 함께 방으로 들어서자 어째 분위기가 묘하다 싶었다. 준아, 어매는? 엄마는 오늘 도자기 구우러 간댔어. 속에서 절로 욕지기가 일었다. 그 놈의 커피전문점인가 하는 가게를 알바생인가에게 맡기고 싸

돌아다닐 생각만 하다니, 쯧쯧. 그런다고 제 삶이 여물어지기나 할까 봐서? 하긴 김서방 처음 봤을 때부터 물러터진 게 영 마뜩잖긴 했다. 그러더니 결국 벌인 사업이 동티가 났다. 그래, 요즘 엄마 가게 장사는 어떻다더노? 어제 그대로래. 그라만 어제는 얼마나 벌었는데? 그제랑 같대. 괜한 걸 물었다 싶었다. 주인이 밖으로 나도니 매상이 오를 리 있을까. 아이 심심할까 싶어 티브이를 켜고 회동댁은 얼른 주방으로 향했다. 주린 배라도 채워주는 게 도리인 듯해서였다. 할머니, 근데 그게 뭐야? 티브이 앞에 앉아 있던 녀석이 쪼르르 달려와 물었다. 이거? 돌멍기지. 돌멍기? 아참, 돌멍게라고 그래야 알아듣제. 준이 니, 아나? 뭘 말이야? 글쎄 이놈은 말이다, 절대 혼자 안 산다. 그러면 어떻게 사는데? 요것들은 가파른 암벽이라도 옹기종기 제 핏줄끼리 모여 안 사나. 준이가 그제야 알겠다는 듯 고개를 끄덕여 보였다. 회동댁은 서둘러 돌멍게를 장만하기 시작했다. 딸내미와 함께라면 더 좋을 텐데 하는 생각이 얼핏 들었다. 하지만 아이까지 맡기고 나갔다니 이 시각에 찾아올 리 만무했다. 그때, 대문 앞에서 다급한 발자국 소리가 났다. 무슨 일인가 싶어 바깥동정을 살피니 막내딸이 붉은 눈을 하고는 허겁지겁 달려오는 게 아닌가. 야가 이 시각에 뭔 일로 이리 급하게 달려오고 이라노? 엄마, 엄마! 괜찮은 거야? 난데없이 그기 뭔 소리고? 소식 듣고 왔단 말이야, 사고 났다며? 사고는 무씬. 회동댁이 얼른 말끝을 얼버무렸다. 정말 괜찮아?

나 엄마 못 보는 줄 알고 얼마나 놀랐다구, 흐흑! 막내딸은 꼭꼭 싸맨 울음을 기어이 회동댁의 치마폭에 풀어놓고 말았다. 회동댁은 그 모습이 그다지 싫지 않았다.

뭐뭐

우암동
소막 이야기

무작정 걸었다. 걷다 보니 목이 말랐고, 콜라 생각이 났다. 아버진 왜 캔에 든 콜라만 마시세요? 언젠가 아버지에게 물은 적이 있다. 그건 묘한 스릴 때문이지, 뚜껑 손잡이를 잡고 힘을 가하는 순간 딱, 소리와 함께 터져 나오는 쏴아, 하는 소리는 마치 온몸을 바위에 퍽, 하고 부딪히는 느낌이랄까. 뭐 하여튼 죽여주는 맛이지. 아버지의 이 엉뚱한 대답이 나를 콜라의 맛에 빠지게 했다. 그러니 아버지는 내게 몹쓸 버릇 하나를 심어주고 떠난 셈이다. 바보같이 운전도 제대로 못하면서.

집 앞에 다다랐을 때에야 빈 캔이 여전히 손에 쥐어져 있는 걸 알았다. 요즘 따라 나마저 제정신이 아니군. 깡통을 발 앞에 던졌다. 이제 잠시 뒤면 깡, 하는 소리가 날 것이고 통, 하고 떨어지는 소리가 이어질 터였다. 깡, 그리고 통! 그래서 아마 깡통이라 불리게 됐는지 모른다. 한데 발로 차자 깡, 소리는 났는데 통, 소리가 나지 않았다. 대신 아얏! 하는 비명이 들렸다. 나는 재빨리 소리가 난 쪽으로 고개를 돌렸다. 한데 거기엔 사람은커녕 그림자조차 없었다. 고개를 갸웃하며 애꿎은 귓구멍에 손가락 저주를 가한 뒤 돌아서려 했다. 그때였다. 이런 몹쓸 놈을 봤나, 어른을 치고 도망가다니! 소리가 난 건 캔이 부딪힌 벽이었다. 하지만 벽에는 출입문도, 벌어진 틈도 하나 없었다. 그런데 어느 순간 얼룩 같은 것이 생겨나더니 점점 범위를 넓혀갔다. 내 입에서 어어, 소리가 터졌다.

하, 할아버진 누, 누구세요? 에끼, 요 녀석! 어른을 때렸으면 사과부터 해야지, 누구라니! 할아버지는 내 머리통에 알밤이라도 박을 듯이 노려보며 호통을 쳤다. 그 바람에 난 얼떨결에 사과를 하지 않을 수 없었다. 그러자 할아버지도 화가 풀리는지 천천히 이마를 쓰다듬었다. 난 그런 할아버지만 지켜보고 이러지도 저러지도 못하고 서 있었다. 그나저나 여기가 우암포가 맞긴 맞냐? 그때 할아버지가 입을 열었다. 우암포가 아니라 우암동인데요. 그럼 제대로 찾아왔구먼. 할아버지, 혹시 여기 안 사세요? 옛날에 살았지. 우암동에요? 아니, 우암포에. 이상한 할아버지였다. 언제 사셨는데요? 백 년 전에. 그 순간 나는 할아버지가 확실히 맛이 간 노인이라고 단정 짓고 말았다. 할아버지 연세는 정확히 기억하고 계신 거죠? 요 녀석, 내가 노망이라도 든 줄 아나 보네. 그럼 정확히 말해보세요. 정확히 말해주마, 백하나닷! 뻥치지 마세요, 백한 살이나 되는 노인이 어떻게 살아 있어요? 여기 있지, 왜 없어? 아무리 평균수명이 연장되었다고 하더라도 투미한 눈이 아닌 총총하게 빛나는 눈동자를 간직한 백 년을 넘긴 노인이 버젓이 살아 있다니. 그 말을 믿을 수 없었다. 그래서 재차 물었을 것이다. 그럼 혹시 사는 곳이 어디세요? 여기지, 소바우 아래. 소바위는 내 평생 13년에 걸쳐 듣도 보도 못한 바위였다.

내가 묘한 표정을 지어서일까. 너, 잠깐 눈 좀 감아봐라. 왜요? 잠깐이면 돼. 황당한 요구였지만 속는 셈 치고 일단 눈을 감기로 했다. 내가 눈을 감자 할아버지는 '레드선' 비슷한 주문을 웅얼거리기 시작했다. 자, 이제 눈을 떠봐. 눈을 떴을 때, 사방은 안개에 뒤덮인 듯 흐릿했다. 할아버지, 지금 무슨 짓을 한 거예요? 쉿, 할아버지가 말했다. 눈앞의 안개가 서서히 걷히는 듯싶더니 성당 건물이며 바닷가에 위치한 부두 건물들도 사라지고 오래된 어촌 풍경이 나타났다. 우와, 할아버지 여기가 대체 어디에요? 여기가 어디긴, 여기가 여기지. 발아래엔 초록 보리밭이 펼쳐져 있고 아늑한 바닷가에는 작은 목선들이 떠 있었다. 고개를 옆으로 돌려봐. 할아버지의 말을 따라 고개를 돌리니 정말 쇠로 만든 소 같은 바위가 언덕배기에 놓여 있었다. 저게 소바위, 우암이란다. 그래서 알았다, 이곳이 왜 우암동이란 지명이 붙었는지를. 근데 할아버지, 저 바위는 어디 갔어요? 그야 일본 놈들이 박살내버렸지, 바다 메운다고. 바다를 메워요? 바다 쪽을 보거라. 그곳에는 특이하게 생긴 집이며 철선들이 정박하고 있었다. 어, 저건 또 뭐예요? 일본 놈들이 세운 검역소와 소막이란다. 소막요? 일본 놈들이 소를 자기 나라로 싣고 가기 위해 잠시 매어놓던 외양간인 셈이지. 그렇담 이곳은 소와 떼려야 뗄 수 없는 곳이네요. 그렇지, 그런 흔적이 아직 많이 남아 있더구나. 그제야 세모꼴의 특이한 건물이 있는 이유를 알 것 같았다. 그때였다. 철우야, 하는 어머니의 목소리가 들렸다. 네, 지금 들어가요! 대답을 하고 돌아보니 눈앞의 초가집과 소막이 사라지고 원래 풍경으로 되돌아와 있었다. 할아버지는 그새 온데간데없이 사라지고 없었다.

저녁을 먹고 나니 그 괴상한 할아버지가 생각났다. 내가 아무래도 헛것을 본 것 같았다. 해서 부러 할아버지가 있던 곳으로 나섰다. 하지만 벽 앞을 몇 번을 두리번거리며 찾아도 할아버지는 보이지 않았다. 그럼 그렇지, 내가 귀신을 본 게 분명해. 집으로 들어갈까 하다가 운동장으로 몸을 틀었다. 집으로 돌아가 봤자 어머니의 늘어진 어깨만 지켜봐야 했으니까. 운동장으로 들어서니 저절로 철봉대 쪽으로 눈길이 갔다. 아버지가 철봉에 매달려 있을 것만 같았다. 언젠가 물었다. 아버지는 매달리는 것보다 오래달리기가 건강에 좋다는 거 모르세요? 난 이게 좋다, 오래 사는 것보단. 그렇게 철봉에 매달리던 아버지가 철봉을 떠난 적이 있었다. 그래서 물었다. 요즘은 왜 철봉에 오래 매달리기 하지 않으세요? 그럴 필요가 없어졌으니깐. 그땐 몰랐다. 아버지가 직장에서 잘렸다는 것을. 회사에서 휘두른 구조조정의 칼날이 아버지의 옆구리를 찔러 집구석에 주저앉힌 셈이었다. 하지만 그건 잠깐이었다. 아버지는 다시 일어섰다. 비록 오토바이 택배였지만 일을 할 수 있다는 것에 만족해했다. 아버지는 다시 철봉에 매달리기 시작했다. 그런 어느 날이었을 것이다. 곱게 단풍이 들자 너도나도 나들이였다. 아버지를 졸랐다. 그래? 그럼 얼른 타라. 아버지는 택배일을 다른 직원에게 부탁한 뒤 나를 오토바이 뒤에 태웠다. 손님, 어디까지 배달 갈까요? 땅끝까지요! 알겠습니다! 농담을 주고받으며 달린 것, 그것이 아버지와의 마지막이 될 줄이야.

벤치 앞 모래흙에서 이상한 소리가 났다. 귀를 기울였다. 마치 뭐뭐, 하는 게 꼭 낮게 우는 소 울음 같았다. 다시 한 번 내 귀를 후벼 파는 저주를 감행했다. 한데 그 소리는 멈추지 않고 들려왔다. 호기심을 참지 못한 나는 조심스레 흙을 걷어내기 시작했다. 오마이갓! 거기 백하나 할아버지가 드러누워 있을 줄이야. 그러니까 뭐뭐, 소리는 할아버지의 코 고는 소리였던 것이다. 할아버지! 내가 할아버지를 향해 소리쳤다. 이 녀석, 귀청 떨어지겠다, 소리 좀 작작 질러라. 아니 왜, 여기 누워 있어요? 내가 어디에 누워 있든 뭔 상관이냐? 할아버지가 정신 나간 노숙자란 걸 몰라봤던 것일까. 잠시 머릿속이 뒤숭숭했다. 노숙자라도 그렇지, 어떻게 이 추운 날씨에 모래를 이불 삼아 잠들다니. 누워 있던 할아버지가 끄응, 하는 소리를 내며 상체를 일으켰다. 그러더니 내 곁에 와서 앉았다. 근데 넌 왜 그리 똥 씹은 표정만 하고 다니냐? 할아버지가 뭔 상관이에요! 상관있으니깐 묻는 거지. 무슨 상관요? 네놈이 우리 집에 살고 있으니까. 할아버지 댁이라구요? 응, 옛날에.

백하나 또라이 할아버지의 옛날 타령은 여기서 끝이 아니었다. 할아버지의 말을 요약하자면 이렇다. 자신은 저승길을 잃고 헤매는 중이었다. 그런데 우여곡절 끝에 입구를 발견했고 막상 들어가려니 망설여지더란다. 그래서 마지막으로 고향이나 둘러보고 싶어 온 거라고 했다. 그러니까 결론적으로 말해 나와 할아버지는 같은 곳에 사니까 상관이 있다는 얘기였다. 거짓말치고는 썩 괜찮은 거짓말이었다. 그래서 물었을 것이다. 할아버진 왜 고향을 둘러보고 싶었어요? 그러자 할아버지가 말했다. 아들이 보고 싶었으니까. 아들요? 응, 하며 할아버지가 고개를 주억였다. 아들이 왜 보고 싶은 거예요? 나보다 일찍 죽었으니까. 할아버지는 그 말을 끝으로 입을 닫았다. 그리고 한동안 고개를 꺾고 있더니 사연을 길게 풀어놓기 시작했다.

우리 가족은 가난했지만 행복했단다. 물때 맞춰 바다로 나가고 계절에 맞춰 소를 부려 농사를 지었어. 그런 어느 날, 일본인들이 몰려와 소막을 세우더구나. 그러거나 말거나 우리는 상관하지 않았단다. 해를 끼치지 않으면 그뿐이라고 생각했거든. 어느 봄날이었단다. 언덕배기에서 풀을 뜯던 소가 없어졌어. 한밤중이 될 때까지 소를 찾았지만 찾을 수가 없었지. 근데 어떤 양반이 비표도 없는 소가 일본인이 지은 소막에 묶여 있더라는 거야. 우리는 놀라 기겁을 했단다. 당장 찾아가지 않으면 놈들이 배에 싣고 가버릴까 싶어서 말이야. 넌 이해하지 못하겠지만 당시 소는 우리 가족에겐 전 재산이나 다름없었단다. 게다가 한 식구이기도 했고. 그래서 예부터 소를 '생구'라고 불렀던 거지. 근데 세상에, 단걸음에 달려갔더니 놈들이 비표를 붙여놓고 생떼를 부리는 게 아니야. 뿔이 하트 모양으로 생긴 게 우리 소가 분명하다고, 판 적이 없다고 해도 막무가내였어. 그 바람에 허탈하게 돌아오지 않을 수 없었단다. 그런데 다음 날 새벽이었을 거다. 아들 녀석이 소를 찾아오겠다는 거야. 너랑 똑같은 나이의 어린 녀석이 말이다. 그때 말렸어야 했는데, 어휴. 길게 읊조리던 할아버지가 탄식을 내몰았다. 그러더니 이내 말을 이어갔다. 찾아간 아들한테도 우격다짐을 하자 아들이 화가 치민 모양이야. 사고를 쳤군요. 그래, 우리 소인 걸 증명한다면서 자기 배를 찔러버렸단다. 미리 준비해 간 부엌칼로. 그래서 즉사했나요? 응, 여기 이 자리에서. 그럼 여기가? 할아버지가 말없이 고개를 끄덕였다. 그럼 소는 어떻게 됐나요? 되찾았지, 녀석의 희생 덕분에. 따지고 보면, 할아버지의 말은 계속되었다. 녀석이 소만 살린 게 아니라 우리 가족까지 모두 살린 셈이란다. 나는 잠시 할 말을 잊었다.

할아버지는 아들 생각을 하는 듯 무연한 눈길만 바다 쪽으로 보내고 있었다. 할아버지, 제가 부탁 하나만 해도 될까요? 내가 입을 열자 할아버지가 나를 향해 고개를 돌렸다. 무슨 부탁을 하려구? 우리 아버지 한 번만 만나게 해주세요. 그건 곤란하다. 왜요? 할아버진 그런 능력이 있잖아요. 네 마음을 인다, 하지만 그것만은 곤란하단다. 아버지한테 꼭 묻고 싶은 게 있어서 그런단 말예요. 그날 사건에 대해서 말이냐? 이번에는 내가 고개를 끄덕여 보였다. 할아버지가 입을 연다. 그건 네 아비가 택할 수 있던 최선이었단다. 그게 무슨 말이에요? 그래야만 널 살릴 수 있었으니까. 난 그날의 장면을 생생하게 기억한다. 뒷자리에 탄 나는 야호 소리를 내지르며 온몸으로 속도감을 즐기고 있었다. 그때 느닷없이 중앙선을 침범한 트레일러가 우리를 향해 달려왔다. 그걸 눈치 챈 아버지는 당황한 채, 꽉 잡아! 하고 소리쳤다. 그리고 이어진 퍽.

내가 정신을 차렸을 때에는 이미 아버지는 이 세상 사람이 아니었다. 그런데 할아버지의 말에 따르면, 아버지가 나를 살리기 위해 일부러 트레일러와 정면으로 충돌했다는 거였다. 아버지의 몸이 모든 충격을 흡수할 수 있도록. 그 길만이 아들을 살릴 수 있는 유일한 방법이었다면서. 괴짜 할아버지의 말이 나를 울렸다. 눈물이 끝없이 흘러내렸다. 왜 나는 그 사실을 모르고 아버지를 바보라고 했는지 후회스러웠다. 그렇게 한동안 펑펑 울다가 옆을 봤을 때, 할아버지는 보이지 않았다. 대신 곁에 있는 건 어머니였다.

어, 엄마! 저 사실은 고백할…. 어머니는 울먹이는 내 어깨를 어루만지며 말했다. 알고 있어, 네 마음을. 엄마, 죄송해요! 죄송할 필요가 없다, 외려 아버지한테 고마워해야지. 어머니는 얼룩진 나의 눈을 부드러운 손으로 닦아주었다. 그리곤 내게 속삭였다. 우리, 아빠가 좋아하던 곰장어 먹으러 갈래? 밥맛이고 입맛이고 아무것도 없다던 어머니였기에 내 눈이 저절로 커졌다. 곰장어는 말이다, 하면서 엄마가 아버지의 말투를 따라 했다. 기다렸다는 듯이 내가 말을 이었다. 껍질을 벗겨놔도 아주 오래오래 버티거든! 그러자 어머니가 어둠 속에서 환하게 웃었다.

저기 둥둥 떠 있던

용호동 신선대

창우는 술잔을 내려놓자마자 마늘 한 쪽을 집었다. 아그작, 입에서 마늘 으깨지는 소리가 났고 알싸한 향이 입안을 채웠다. 안줏거리로 요놈의 통마늘을 씹어댄 것이 얼마였던가. 사당패의 일원이 되어 곰춤을 추기 시작한 때부터였던가. 곰의 탈을 쓰면 이상하게 마늘 생각이 났다. 마늘을 먹으면 사람들의 조롱을 참을 수 있었다. 사실 그는 다른 광대와 달리 특출한 재주가 없었다. 그랬기에 탈을 둘러쓰고 구경꾼을 불러 모으는 바람잡이 역할을 맡지 않을 수 없었다. 그래도 사람들은 그의 춤을 보며 킬킬거렸다. 사람들의 가슴속에 감춰둔 은밀한 욕망을 자극하는 묘한 춤사위. 마치 발정을 참지 못해 기둥을 붙잡고 엉덩이를 씰룩거리는 행동을 보면서 어떤 이는 슬쩍 다가와 아랫도리를 비벼대곤 했다. 역겨

웠지만 그는 그런 비역질을 참아낼 수밖에 없었다. 돈이 사람의 중심을 차지한 지 오래였으므로. 돈만 있다면 양반의 족보도 살 수 있었고 떠도는 생활의 종지부도 찍을 수 있었다.

면천! 그건 창우의 유일한 삶의 목표였다. 마늘을 수없이 삼키며 참았지만 면천의 기회는 좀처럼 오지 않았다. 돈이 모이기는커녕 하루하루 연명하기에 바빴다. 그는 그제야 알았다. 곰의 탈은 벗고 싶어도 벗을 수 없는 운명의 굴레임을. 어쩌면 사월이는 먼저 알았을 것이다. 그랬기에 푼돈에도 양반들 앞에서 쉬 가랑이를 벌렸을 것이다. 하지만 그때 그는 그런 사실을 모른 채 그녀를 나무랐다. 흥, 밑구멍이 중요해? 입구멍이 중요해? 그녀의 말에 더 이상 대꾸할 수 없었다. 아랫도리로 양반 물건을 넣지 않으면 입으로 들어오는 게 없다는 걸 안 다음이니까. 그래서 더더욱 사월이에게 마음이 쏠렸는지 모른다. 하지만 그녀는 되레 표독스럽게 굴기만 했다. 천한 년에게 마음 주면 천한 삶을 살 수밖에 없다는 듯이. 그렇게 자신의 운명을 저주하던 사월이. 그 원망의 독주가 사월이의 목숨을 앞당기게 했을까. 이름처럼, 꽃 피는 사월에 그녀는 훌쩍 다른 세상으로 갔다. 제 붉은 살점, 단점이만 남긴 채.

사월이 없는 곳에 더 이상 머물 이유가 없었다. 창우는 짐보따리를 쌌다. 왜관이 있는 부산포. 그곳에 가면 왜인뿐만 아니라 청인, 심지어 산동의 한인까지 드나든다는 사실을 귀동냥으로 들어 알고 있었다. 그래서 망설일 필요조차 없었다. 그는 상상하곤 했다. 배를 타고 면천이 필요 없는 곳으로 향하는 그의 모습을. 단지 사월이 때문에 지금껏 망설이고 있었을 뿐이었다. 이제 사월이도 없으니 사당패에 미련조차 없었다. 하지만 단점이를 보는 순간 머뭇거리지 않을 수 없었다. 깊은 잠에 빠져 있던 단점이가 어느새 깨어나 두 눈을 글썽이고 앉아 있었던 것이다. 자다가 깼는데도 해맑게 빛나는 눈. 그 눈을 보자 도저히 혼자 내뺄 수가 없었다. 갈 거면 퍼뜩 일어서라. 어린 여식을 대동했으니 발걸음이 느리지 않을 수 없었다. 제 스스로 자처한 일이니 어쩔 수 없는 일이기는 했다. 그렇다고 불만이 없을 리 없었다. 그럴 때마다 창우는 부러 고개를 들어 하늘의 붉은 해를 쳐다보았다. 그리곤 사월의 마지막 말을 떠올렸다. 단점이를 부탁해, 그 애가 곧 나니까.

부산포는 멀었다. 길을 가는 중간중간에 숙식까지 해결해야만 했다. 자연 남의 집 품앗이를 거들지 않을 수 없었다. 그 와중에도 단점이는 차근차근 제 뼈를 키워갔다. 덩달아 젖가슴과 엉덩이도 커졌다. 왜관 문턱에 닿았을 때에는 처녀티가 물씬 풍길 정도였다. 왜관 건물은 웅장했다. 마치 낯선 세상에 온 듯했다. 하지만 이국인은커녕 그 많다던 왜인들은 쉬 보기 힘들었다. 왜관은 또 다른 금단의 공간이었다. 그렇다고 그냥 돌아설 수는 없었다. 한창 뼈를 키우는 단점이의 주린 배부터 챙겨야 했다. 제 이마의 붉은 점이 지울 수 없는 화인이란 걸 깨닫기 전에. 그는 꽉꽉 동여맨 탈을 다시 꺼내지 않을 수 없었다. 곰춤을 구경하는 이는 드물었다. 흥이 없으니 춤을 출수록 서러워졌다. 쪼그리고 앉은 단점이를 봤다. 한데 단점이의 입이 한껏 부풀어 있는 게 아닌가. 저 하얀 주먹밥을 누가 준 것일까. 놀란 눈을 했을 때, 곁에 선 사내 하나가 그를 향해 웃었다. 이름이 풍이라고 했다.

차라리 그때, 풍의 눈에 깃든 바람을 보았더라면 어찌 되었을까. 단점이의 운명이 바뀌었을까. 창우는 홰홰 고개를 저었다. 어쩌면 이것 또한 운명일지 몰랐다. 바람을 닮은 녀석. 녀석의 몸속에 든 바람 또한 이 땅이 만들어낸 것, 그걸 어찌 막는단 말인가. 바람을 눌러 죽이는 방법은 없다. 저절로 제 속에서 불어오는 바람을 막았다간 되레 불길을 일으켜 제 생명을 앗아갈 수 있을 터. 바람은 흐르는 대로 두어야 한다. 그래야 산다. 어쩌면 단점이야말로 바람 없이는 날아오를 수 없는 방패연이 아니겠는가. 그러니 둘이서 저리 어울려 산이며 바다를 헤맬 수밖에. 단점이에겐 열고 보나 닫고 보나 풍은 과분한 남자였다. 더군다나 풍이야말로 제 배를 몰며 면천할 필요조차 없는 평민이니까. 하지만 짝을 이루기에는 넘어야 할 산이 많았다. 그게 창우의 마음을 괴롭혔다. 그의 나이도 이제 쉰이 넘었다. 그러니 떠나보내야 한다. 그는 다시 마늘 한 쪽을 입에 넣고 짓씹었다. 바닷바람이 마늘보다 먼저 독한 냄새를 풍기며 달려왔다. 가을이 오긴 오는 모양이었다.

*

아야, 단점이의 입에서 새된 소리가 터졌다. 젖가슴을 움켜쥐고 있던 풍이의 손길이 멈칫했다. 그렇게 세게 만지면 어떡해, 아프단 말야. 단점이가 홍조 띤 얼굴로 샐쭉거렸다. 콧소리가 진득하게 배인 것이 그다지 싫지 않은 눈치였다. 그런 단점이의 교태가 외려 풍의 아랫도리로 피를 쏠리게 했다. 너, 잠깐만 뒤로 엎드려봐. 아이, 왜 이래? 여기선 싫어. 잠깐이면 돼, 어시. 누가 오면 어찌려구? 이 늦은 시각에 누가 여기까지 와. 말이 끝나기 무섭게 풍이는 얼른 단점이를 돌려세웠다. 눈 아래로 펼쳐진 바다는 호수처럼 고요했다. 멀리 왜관과 해안을 따라 흩어진 마을에서도 하나둘 불빛들이 살아나고 있었다.

너, 설마 왜놈한테 꼬리친 건 아니지? 기어이 풍이의 입에서 볼멘소리가 터졌다. 단점이가 왜관 앞, 조시(朝市)에 다녀온 것이 화근이었다. 마을 사람들은 왜관이란 존재를 무시할 수 없었다. 교역을 위해 장기 거주하는 왜인들도 먹어야 하므로 생필품 구입은 필수였다. 그러니 이른 아침이면 왜관의 입구에 시장이 생겨날 수밖에. 한데 언제부터인가 왜놈들은 제 은근한 속내를 얼비치기 시작했다. 남자의 물건이 아니라 아낙의 물건만 족족 구입했던 것이다. 풍도 바보가 아닌 이상 그런 사실을 모를 리 없었다. 생선은 팔아야 했고 그에게 가족은 없었다. 어머니는 그를 낳다가 생목숨을 잃었다. 홀아비가 된 아버지가 동냥젖으로 그를 키우다시피 했다. 하지만 아버지마저 도지도 내지 않고 양반 땅을 경작했다고 관가로 끌려가 태질을 당한 후 시름시름 앓다가 어머니를 따랐다. 사람들은 혀끝을 찼다. 쓸모없는 땅이라고 맘대로 하라고 할 땐 언제고 공들여 개간하고 나니 빼앗아 간다고. 아버지의 죽음보다 더 서러운 건 그런 더러운 양반들이 설치는 세상이었다. 그는 도저히 웃을 수 없었다. 그가 다시 웃게 된 건 곰춤 덕이었다. 양반을 보고도 대놓고 겁 없이 달려가 엉덩이를 씰룩대던 춤. 관아의 기둥을 붙잡고 희롱을 해대는 사설에 그만 파안대소하고 말았던 것이다. 웃음에 대한 보답으로 그는 두 사람을 자신의 낡은 아래채로 이끌었다. 그게 벌써 오 년 전의 이야기였다. 오늘따라 생선 파는 아낙이 웬만해야지. 단점이가 반달눈을 만들며 입을 열었다. 그래서 해가 저물도록 거기 있었냐? 그럼, 어떡해? 팔지 않고 그냥 돌아와? 안 팔리면 먹어치우면 되지 뭐. 그럼 쌀보리는 어떻게 사? 에이, 제기랄. 풍은 벌떡 상체를 일으키고 말았다. 양반 꼬라지만 봐도 속 뒤집히는 판에 왜놈 눈치까지 봐가며 살아야 하다니. 안 그래도 생선 배만 따며 사는 것이 답답해 미칠 판인데. 그는 테액, 하고 가래침을 돋우어 뱉었다. 그런 풍의 속내를 안 것일까. 단점이가 엉뚱한 화제를 들고 나온다. 오라베를 알다가도 모르겠어. 뭐를? 무슨 생각을 하고 사는지, 내 생각은 하기나 하는지. 생각이 너무 많아서 이 오라베가 탈이다. 그래서 여기만 맨날 올라오는 거야, 그럼? 어느새 하늘에도 별들이 총총하게 얼굴을 디밀고 있었다. 여기 오면 답답한 속이나마 조금은 달랠 수 있거든. 저기 저 까치섬과 절영도만 봐도 한 걸음을 훌쩍 뛰어넘고 싶은 마음이 들 정도로. 에게게, 신선 같은 말씀 하고 계시네. 어찌 아냐, 신선 발자국을 밟고 있으면 신선이 될지. 근데 신선이 탔다던 말 발자국이 진짜 있긴 있어? 궁금하면 찾아봐, 말발굽처럼 생긴 무제등이란 바위가 있긴 있으니까. 말을 끝낸 풍이 먼지 엉덩이를 들었다. 서둘러 내려가지 않으면 길을 헤맬지도 몰랐다. 삭망이 가까워졌으니 달빛은 기대하기 힘든 밤이었다. 풍이 성큼성큼 산을 내려가자 단점이가 뒤에서 소리쳤다. 혼자 가면 어떡해, 같이 가!

*

오라베, 얼른 나와봐! 꼭두새벽부터 단점이가 마당가에서 소리쳤다. 풍은 누운 채 꼼짝하지 않았다. 필시 그를 일찍 깨워 바다로 물일을 나가게 하려는 수작이겠거니 했던 것이다.

이상한 배가 떠 있다니까, 빨리 좀 나와보라구! 단점이가 다시 방을 향해 소리쳤다. 풍은 이불을 바짝 끌어당겨 얼굴을 덮었다. 근래 들어 만사가 귀찮았다. 그런 심드렁한 마음 탓일까. 잠자리에 누웠지만 머릿속은 뒤숭숭했다. 그 바람에 잠을 설쳤다. 그는 부러 코 고는 소리를 냈다. 단점이의 채근이 시들해지기를 바라면서. 한데 그때 창우의 말이 뒤를 이었다. 허허, 이거 구봉에서 봉화가 오를 일이구먼! 봉화란 말에 그는 눈을 화들짝 뜨지 않을 수 없었다. 봉화라니? 그럼 어디 전쟁이라도 났단 말인가. 짚신도 챙겨 신지 않은 채 마당으로 달려 나왔다. 사실이었다. 여태 듣도 보도 못한 모양의 낯선 배가 떠 있었던 것이다. 지금까지 봐왔던 배가 아니었다. 그는 눈을 비빈 다음 다시 배를 살폈다. 규모도 컸고 모양도 특이했다. 저게 어디서 왔죠? 풍이 창우에게 다가가 물었다. 글쎄, 왜선도 청선도 아니고 그렇다고 거북선도 아니니 나도 궁금할 따름이네. 근데 도대체 저 배가 언제부터 와 있었죠? 허허, 그걸 알면 내가 일찌감치 돗자리를 깔았지, 여기 있겠나. 그때, 풍의 뇌리에 뭔가 스쳤다. 혹시 신선이 타고 온 배가 아닐까요? 허어, 이 사람. 신선이 학이나 말을 탄다는 말은 들었어도 배를 타고 돌아다닌다는 말은 금시초문이네. 아저씨가 듣지 못했을 뿐이겠죠. 신선은 있대도 그 양반들이 아주 깊은 산속에 은둔하지, 비린내 나는 여기까지 찾아올 리 있겠나? 그럴 수도 있죠. 어찌 알아요, 여기 신선대에서 신선이 되었다는 최치원 선생이 다시 찾아왔는지? 난 신선 같은 건 믿지 않네. 그럼, 제가 눈으로 직접 확인할 수밖에요. 그는 호기롭게 바닷가로 몸을 틀었다. 이보게, 풍이. 너무 가까이는 가지 말게. 창우가 풍의 등 뒤에서 소리쳤다.

바다는 아직 해무를 덮고 누워 깊은 잠에 빠져 있었다. 풍은 배의 고삐를 풀어 바다로 향했다. 노를 저어 나아갈수록 바다 위에 떠 있는 배의 형체는 뚜렷해졌다. 생각보다 배의 크기가 엄청났다. 이렇게 큰 배가 어떻게 움직일 수 있을까. 도대체 어떤 사람이 이 배를 몰고 왔을까. 낯선 배에 가까이 다가갈수록 풍의 심장은 밖으로 뛰쳐나올 듯 쿵쾅거렸다. 안에 누가 있소? 그가 손나팔을 만들어 배를 향해 소리쳤다. 하지만 해무가 그의 고함을 덜컥 삼킬 뿐, 인기척은 없었다. 그는 천천히 낯선 배 주위를 돌기 시작했다. 그때, 그의 귀에 낯선 언어가 날아와 달라붙었다. 방금 뭐라 했던가. 후아유라고 했던가. 후아유라니? 도대체 이건 어느 나라 말인가. 그는 소리 나는 쪽으로 고개를 돌렸다. 갑판 위에 덩치 큰 사내 하나가 서 있었다. 그는 놀라 바다로 풍덩 빠질 뻔했다. 여태 본 적이 없는 해괴한 얼굴 때문이었다. 얼굴 가운데에는 금정산을 올려놓은 듯 코가 오뚝했고 눈동자는 바닷물을 담아놓은 듯 새파랬다. 게다가 머리털마저 길게 땋아 내리고 있어 계집으로 착각할 정도였다. 세상에 저런 인간들이 있다니. 대, 댁은 뉘시오? 어,

어디서 오셨소? 홧 해픈? 홧 디스 리즌 콜? 홧, 뭐라고 사내가 소리쳤다. 하지만 사내의 말뜻을 헤아리긴 힘들었다. 두 사람은 결국 합죽입이 되어 서로 멀뚱하게 바라보기만 했다. 그는 천천히 사내를 살피기 시작했다. 사내는 앳돼 보였다. 그의 나이쯤 됐을까. 입성 또한 특이했다. 소매가 좁아 군졸이 입는 복색 같았다. 아무래도 군함 같은 느낌이었다. 그때 또 다른 남자가 얼굴을 디밀었다. 이번에는 빨간 머리털을 한 사내였다. 빨간 머리털은 손에 작은 칼까지 쥐고 있었다. 그가 움찔 놀랐는지 배가 휘청거렸다. 빨간 머리털이 재밌다는 듯이 칼을 만지작거리며 킬킬거렸다. 낯선 사내들이 하나둘 갑판으로 몰려나왔다. 생각보다 많은 인원수였다. 그제야 그는 왜 배의 운두가 이렇게 높은지 이해가 갔다. 그때, 멀리 구봉 봉수대에서 봉화가 피어올랐다. 마을 사람들도 물일을 나서다가 방향을 바꾸어 이양선으로 다가오고 있었다. 다행이었다.

*

바다는 살아 꿈틀대는 거대한 동물이다. 윌리엄 R. 브로튼 함장은 경험을 통해 그 사실을 잘 알고 있었다. 한데 이게 웬 일인가. 위험한 동물의 등 위에서 이렇게 악몽 하나 없는 잠자리라니. 우리 선박이 축복받은 가나안 땅에라도 도착했단 말인가. 그러고 보니 고국을 떠난 지 벌써 3년째. 유구제도에서 좌초되지 않았다면 벌써 임무를 마무리 지었을 터였다. 모선 프로비던스호가 산호초에 좌초되면서 그만 탐사 일정에 차질을 빚고 말았다. 그렇다고 대영해군의 함장으로서 임무를 포기할 수 없는 노릇이었다. 남은 호위함만 이끌고 마카오로 회항해 거기서 다시 탐사대를 조직했다. 모선과 달리 호위함은 87톤급 선박에 불과했다. 고작 5개월치의 물품밖에 실을 수 없었고 승선 인원도 한계가 있었다. 35명의 선원으로 탐사길에 오른 것이 1797년 6월 27일. 그러니까 어느덧 넉 달이 가까웠다. 그 사이에 식료품과 땔감, 식수 등은 바닥을 보이기 시작했다. 적당한 항구를 찾아 보급창을 채우지 않으면 뜻밖의 재난에 위기를 맞을 수도 있었다. 적절한 곳을 물색하던 중, 해안을 둘러싼 불빛들을 발견했다. 뜻하지 않게 큰 항구를 발견한 것이다. 윌리엄 함장은 즉각 정박 명령을 내리지 않을 수 없었다.

윌리엄이 전날의 항해일지를 정리하고 있을 때, 노크 소리가 났다. 누군가? 제너럴, 존입니다. 존이라면 식료품을 담당하는 초심자였다. 어리고 경험 없는 그를 발탁한 건 명민함 때문이었다. 자네는 왜 이번 탐사에 자원했나? 역사를 다시 쓰고 싶어서입니다. 역사라니? 영국의 역사가 곧 세계의 역사이기 때문입니다. 그 발자국을 함장님과 함께 찍고 싶습니다. 발자국을 찍기 전에 죽을 수도 있다는 건 모르는가? 제가 죽으면 그것 또한 영국의 역사요 세계의 역사가 될 것입니다. 윌리엄의 입에서 절로 오호, 하는 소리가 터졌다. 존의 똑똑함은 금세 드러났다. 존은 무엇보다 사람의 마음을 읽을 줄 알았다. 함장의 표정과 눈빛만으로도 무엇을 말하고자 하는지, 무슨 일을 해야 하는지 알아서 움직였다. 그랬기에 선박에서 제일 중요한 식품부를 맡긴 것을 이번 항해에서 제일 잘한 일로 여겼다. 그런 믿음직한 존이었으므로 윌리엄은 반갑게 그를 맞았다. 모처럼 푹 쉬라고 했더니 이른 아침부터 무슨 일인가? 지금 흰옷을 입은 자들이 배 주위에 몰려와 있습니다! 보고를 들은 윌리엄은 약간 당혹스러웠다. 흰옷? 그래, 그 자들이 무기를 들었던가? 맨손인 것으로 보아 싸우려는 의사는 없어 보입니다. 그래? 그럼, 그들에게 호의를 베풀게나. 어차피 그들의 도움이 필요하니 말일세. 예스, 써! 존이 소리치며 선실을 나섰다.

*

댕기머리 사내가 줄로 만든 사다리를 드리웠다. 그런 다음 댕기머리는 풍을 향해 소리쳤다. 손짓으로 보아 올라오라는 듯했다. 풍은 잠시 망설였다. 주위를 두리번거렸다. 백사장까지 사람들이 몰려나와 서 있는 것이 보였다. 그걸 보자 괜히 그의 어깨가 한 뼘 올라갔다. 그는 천천히 사다리를 밟았다.

갑판에 오르자 기다리고 있었다는 듯이 해괴한 모양의 모자가 그의 앞으로 나섰다. 보아하니 모자가 배의 우두머리인 듯했다. 웰컴 투 컴 인 아워 십! 이게 뭔 소린가. 아침부터 씹이라니. 이것들이 혹 여자 생각이 나서 찾았나. 모자가 그에게 손을 내밀었다. 아무것도 쥐지 않은 손이니 안심하라는 것인가. 그렇다면 망설일 것도 없잖은가. 얼떨결에 풍도 모자 앞으로 손을 내밀었다. 그러자 기다렸다는 듯이 모자가 덥석 그의 손을 움켜쥐었다. 그러고는 다른 손으로 풍의 어깨를 두드리며 환하게 웃었다. 모자가 무슨 말인가를 했지만 그의 귀는 아무 소용이 없었다. 혹시 조선말을 할 줄 아는 사람은 없소? 풍이 말했다. 모자는 대답 대신 댕기머리 사내를 바라보았다. 헤이, 존! 댕기머리 사내의 이름이 존인 모양이었다. 존이 모자에게 다가갔다. 한동인 두 사람은 나란히 시시 이야기를 나누었다. 그 와중에 빨간 머리털은 계속 칼을 매만지며 풍을 노려보았다. 성질 고약한 위인임이 틀림없었다. 존이 풍에게 다가왔다. 그러더니 알아듣지 못할 말을 나불거리면서 몸짓을 해댔다. 입안으로 무언가 삼키는 흉내를 내는 것으로 보아 마실 것이 필요한 모양이었다. 벌컥벌컥? 물은 마을에 가면 얼마든지 있소. 존은 말이 통한 게 기쁜지 박수까지 쳐댔다. 이번에는 배 가운데 위치한 화덕을 가리키며 불 피우는 시늉을 했다. 불과 땔감도 줄 수 있소. 오케이! 존이 다시 손을 입으로 가져가 씹는 흉내를 냈다. 아, 먹을 것? 그것도 얼마든지 구할 수 있소. 풍은 존과 몸짓으로 대화하면서 서서히 긴장이 풀림을 느꼈다.

무슨 일로 왔대, 어디서 왔대? 풍이 마당으로 들어서자 단점이가 다짜고짜 묻고 들었다. 몰라. 풍은 벌러덩 마루청에 몸을 눕히고 말았다. 말을 해봤을 거 아냐? 말은 무슨, 통해야 얘기를 하든지 말든지 하지. 그럼 물이랑 땔감, 뭐 그런 게 필요한 건 오라베가 어떻게 알았어? 그냥 손짓 발짓으로 대충 때려잡은 거지. 근데, 너 정말 내가 가자면 어디든 간다고 그랬지? 갑자기 그런 걸 왜 물어? 그냥 대답이나 해봐. 단점이 잠시 대답을 머뭇거리다가 입을 연다. 나야 뭐 오라베 하자는 대로 할 수밖에 더 있어? 근데 어디로 갈 건데? 어디를 가든. 암튼 넌 단단히 마음만 먹고 있어. 그래놓고 풍은 질끈 눈을 감았다. 잠이 모자라 그런지 눈알이 다 아렸다. 긴장이 풀린 탓일까. 피곤이 몰려왔고 그도 모르게 깜빡 잠이 들고 말았다. 사람들이 웅성거리는 소리가 났다. 그는 후다닥 몸을 일으켰다. 아니나 다를까 이양선의 파란 눈들이 마을로 오고 있었다. 일행을 인솔한 이는 역시 이상한 모자를 쓴 양반이었다. 그는 마당을 빠져나와 골목으로 달려갔다. 헤이, 프렌드! 풍이 나타나자 일행 중 누군가 소리쳤다. 존이었다. 프렌드가 아니라 내 이름은 풍이라우, 풍! 풍풍? 아니, 풍! 풍? 그래, 이 답답한 존아. 존? 존이 자신의 이름을 듣는 것이 놀라운지 눈을 화등

잔만 하게 떴다. 풍이 파란 눈의 일행과 이야기를 나누자 마을 사람들은 놀라운 표정으로 일제히 풍만 쳐다보았다. 훼어 캔 아이 겟 워러? 존이 말했다. 워러가 뭐라? 풍이 눈을 치떴다. 워러, 거듭 말하며 존이 손에 쥐고 있던 물통을 들어 올렸다. 그는 손가락으로 계곡 쪽을 가리켰다. 일행은 계곡으로 경쟁하듯이 달려갔다. 신선한 물이 간절했던 모양이었다. 그들은 물통까지 채운 뒤 보트에 차곡차곡 실었다. 그 와중에도 모자를 쓴 사람은 천리경에 눈을 디밀고 주변을 살피기에 여념이 없었다. 그러더니 이윽고 마을로 향했다. 모자는 틈틈이 뭔가를 기록했고 마을을 지난 다음에는 왜관 쪽으로 걸음을 다잡았다. 왜관으로 가자면 자성대를 지나야 했다. 그랬다간 존과 모자 일행은 군졸에게 어떤 일을 당할지 몰랐다. 풍이 모자 앞에 나섰다. 멈추시오. 더 갔다가는 배로 돌아가지 못할 수도 있소. 모자는 무슨 일인지 몰라 눈을 키웠다. 당신들은 죽을지 모르오, 저기엔 활과 창으로 무장한 군인들이 있소! 이윽고 모자가 가리키는 손가락 끝으로 시선을 옮겼다. 축조된 성벽엔 포의 진지로 보이는 구멍들이 오롯이 드러나 있었다. 모자도 그걸 본 모양이었다. 잠시 생각하던 모자가 몸을 돌려세웠다.

*

풍이, 방에 있는가. 창우의 목소리였다. 부사 나으리께서 뵙

자고 친히 행보를 하셨네. 얼른 나와보게. 부사라면 동래부사 정상우 나으리란 말인가. 그분이 이런 누추한 가옥까지 방문하다니 이 무슨 일이란 말인가. 풍은 화살처럼 잽싸게 달려 나와 마당에 엎드렸다. 자네가 이양선의 뱃사람들을 제일 먼저 만났다고 하던데 사실인가. 예, 소인이 확실하옵니다. 그래? 그럼 그 서양인들이 용당포에 온 목적이 무엇이라 하던가. 그는 아는 대로 그 연유를 설명했다. 배에 필요한 물품 때문에 온 것 같다고. 그러자 가만히 듣고 있던 부사가 다시 물었다. 혹시 사람을 해칠 무기는 싣지 않았던가. 대포가 있었으나 쏜 적이 없으며 외려 저를 손님처럼 잘 대해주었습니다. 손님처럼 너를 대했다? 예, 그러하옵니다. 그럼, 네가 앞장설 수 있겠느냐? 아무래도 내가 그들을 직접 만나봐야겠다. 거절할 도리가 없었다. 엄연히 신분이 지배하는 세상, 그걸 넘어뜨리려는 순간 제가 자빠질 수도 있었다. 아버지처럼 저항했다가는 뜻하지 않은 죽음을 맞이할 수도. 그는 바닷가로 잰걸음을 쳤다.

*

풍이 낯선 사람들을 이끌고 배로 왔다. 존은 고개를 제대로 들지 못하는 풍을 물끄러미 지켜보고만 있었다. 데리고 온 사람들은 신분이 높은 사람으로 보였다. 긴 수염은 아마 그들의 권위를 나타내는 모양이었다. 그들은 수염을 드리우고 머리에는 중앙이 높이 솟은 커다란 검은 모자를 쓰고 있었다. 망사였고 모자의 지름은 3피트나 될 정도였다. 그 큰 모자를 끈으로 턱에 매었는데 손에는 칼과 부채까지 쥐고 있었다. 칼의 손잡이는 은으로 장식되어 있어 은의 가치는 그들도 알고 있는 듯했다. 동행한 짧은 수염을 한 사람이 윌리엄 함장 앞으로 나섰다. 지금껏 쓰지 않던 낯선 언어를 쓰는 것으로 보아 통역관인 듯싶었다. 하지만 그 말마저 알아들을 수 없는 언어였다. 다른 사람이 나서서 또 다른 언어를 구사했다. 알아듣기 힘든 건 마찬가지였다. 할 수 없이 윌리엄이 종이 위에 알파벳을 써 내려가자 저들끼리 웅성거렸다. 이건 뭐 글자가 산과 구름을 닮았구먼. 그들은 돌아가며 글자를 살폈다. 하지만 읽어내는 이는 아무도 없었다. 그러다가 '낭가사기'라는 말을 듣자 그들은 눈빛을 파닥였다. 나가사키라면 일본의 장기도를 말하는 것이 아닌가. 그들끼리 웅성거렸다. 그걸 눈치챈 윌리엄이 대마도 근처를 가리키며 입으로 바람 소리를 냈다. 그러자 그들은 알겠다는 듯이 고개를 끄덕거렸다.

풍과 관리 일행이 떠난 후, 우리는 탐사작업을 위해 뭍으로 향했다. 지형을 한눈에 파악하려면 높은 곳으로 올라야 할 것 같았다. 풍이 우리를 기다리고 있었다. 웬 젊은 여자와 함께였다. 젊은 여자를 본 빨간 머리털의 앨런이 와우, 소리를 질렀다. 윌리엄이 그런 앨런을 나무랐다. 하지만 여자를 훑어보는 눈매는 여전히 끈적거렸다. 헤이, 풍! 후 이즈 쉬? 시스털, 와이프? 존이 먼저 알은체하며 나섰다. 단점인 내 계집이요, 내 계집! 풍이 대꾸했다. 하지만 존의 귀에는 계집이라는 말만 선명히 들릴 뿐, 아내인지 여동생인지 알아들을 수 없는 건 매한가지였다. 존은 화제를 바꿔 풍에게 방문 목적을 설명했다. 마을 뒷산을 가리키자 풍이 입을 열었다. 신선대에는 무엇 때문에 가려는 거요? 거긴 먹을 것이라곤 아예 없소. 존이 몸짓으로 다시 설명해야 했다. 마지못한 듯 풍이 되받았다. 하여튼, 가고 싶다니 안내하겠소. 나를 따라 오시오. 풍이 앞장서 산으로 향했다. 앨런은 동행하지 않는 여자에게 미련이 남는 듯 여자의 아래위를 한참 눈으로 더듬은 후에야 걸음발을 내디뎠다.

산으로 향하는 걸음발은 더뎠다. 생각보다 길은 가팔랐으며 큰 바위도 많았다. 윌리엄 함장은 특이한 나무나 풀을 보면 어김없이 풍을 불렀다. 향신료라도 발견한다면 의외의 횡재를 할 수 있기 때문이었다. 우리가 탐사를 하는 것도 옷감과 향신료를 팔기 위한 교역로 확보에 있었던 것이다. 그러니 풍의 반응에 따라 윌리엄은 직접 냄새를 맡거나, 씹어서 맛을 보거나, 표본까지 채집하는 열성을 발휘할 수밖에. 정상에 섰을 때에는 햇살이 이우는 중이었다. 바다는 은빛으로 반짝이고 있었다. 윌리엄은 가져온 두루마리 종이를 펼쳐 해안 지형을 스케치하기 시작했다. 구름 한 점 없는 날씨 덕에 만의 안쪽까지 훤히 내려다보였다. 만의 중앙에는 수십 채나 되는 희고 웅대한 건물이 위치해 있었고 그 앞에 정박한 배들도 보였다. 발아래로는 계단처럼 논이 펼쳐져 있었고 풀밭에는 소들이 한가롭게 풀을 뜯는 중이었다. 존이 소를 보자마자 풍을 향해 소리쳤다. 위 니드 투 해브 섬씽 투 잇. 하우 마치 이즈 댓 카우? 풍이 잠시 생각하는 듯하더니 손사래를 쳤다. 소는 팔 수 없는 존재요. 저 동물은 우리에겐 또 하나의 식구란 말이오. 풍의 눈치를 살피던 존은 실망스런 표정을 지었다. 풍의 완강한 말투로 보아 로스트비프는 물 건너갔다고 여긴 것이다. 존의 표정을 풍이라고 놓쳤을 리 없었다. 저기 돌아다니는 개는 얼마든지 줄 수 있소. 우린 저걸 애완동물이 아니라 식용으로 기르니까 말이오. 풍이 왈왈, 개 짖는 소리까지 내자 앨런이 풍을 째려보았다. 제 성의 유래를 말하는 짓이 불쾌한 듯이. 스케치를 끝낸 윌리엄이 방위각을 측정하기 위해 지남철을 꺼냈다. 하지만 지남철이 말썽을 일으키는지 고개를 갸웃거려댔다. 윌리엄이 풍, 하고 소리쳤다. 풍이 소리 나는 쪽으로 고개를 돌렸다. 홧 이즈 디스 리즌 콜드? 풍이 고개를 갸우뚱거렸다. 홧 이즈 디스 리즌 콜드? 함장이 손가락으로 제 발밑을 가리켰다. 여긴 조선이라오. 쵸산? 그렇소, 조선이란 나라요. 오케이, 쵸산. 윌리엄은 지도 아랫부분에 'Chosan Habour'라고 명기했다.

*

아저씨, 나도 배 구경하고 싶다니까요! 단점이는 아까부터 창우를 채근하고 있었다. 젊은 여자를 보내기에는 파란 눈의 사내들이 미덥지 못했다. 특히 단점이를 향해 군침을 삼키던 빨간 머리털의 사내는 더더욱. 그런데 위험하지 않다는 걸 알아서일까. 마을 사람들이 경쟁하듯이 이양선으로 몰려가기에 바빴다. 심지어 조무래기들과 노인들까지 합세했다. 그들이 이양선에 올라 이곳저곳을 살피는 것이 돌담 앞에서도 보일 정도였다. 사람들이 저리 많은데 뭐가 안 된다는 거예요? 아저씨가 데려다주지 않으면 다른 배라도 타고 갈 거예요! 젊으니 궁금한 것도 많고 참을 수 없는 것도 많은 모양이었다. 창우는 제 고집을 꺾을 수밖에 없었다. 호기심을 풀어주는 것이 또 다른 미련을 갖지 않게 하는 법. 그럼, 정지에 가서 삶은 고구마라도 챙겨라, 빈손으로 가는 건 예의가 아니니까. 단점이는 좋아 어쩔 줄 몰라 했다. 다 컸다고 생각했더니 아직 어린 티가 남아 있는 모양이었다. 고구마라면 그들도 마다할 리 없었다. 요깃거리로 고구마만 한 것도 없으니까 말이다.

단점이와 함께 이양선에 올랐을 때에는 몰려온 사람들로 발 디딜 틈 하나 없었다. 사람들은 이양선 곳곳을 돌아다니며 만져보고 재보고 때려보고 심지어 발로 굴러보기도 했다. 창우도 배에 올라온 후 놀란 눈을 감출 수 없었다. 다만 드러내지 않았을 뿐이었다. 세상에, 이렇게 크고 튼튼한 배를 만들다니. 만약 이런 배가 수십 척이 몰려온다면 이 나라의 운명은 어찌 될까. 바람 앞의 등불 신세가 되지 않을까. 파란 눈의 선원들은 통제마저 포기한 눈치였다. 자기들끼리 모여 앉아 잡담만 나누고 있었다. 창우는 선원 곁으로 다가갔다. 이거, 선물이오. 맛이라도 좀 보시오. 창우가 고구마가 든 바구니를 건넸다. 그러자 파란 눈이 호기심 어린 눈빛으로 바구니 속을 살폈다. 그러더니 이내 환한 표정을 지었다. 그때, 신선대로 향했던 다른 일행이 돌아왔다. 동행한 풍은 함께 오지 않았는지 보이지 않았다. 우두머리인 모자가 왔는데도 선원들은 아랑곳없이 고구마 맛을 평하기에 바빴다. 풍의 말은 거짓이 아니었다. 그들 사이에는 엄격함이 없었다. 있는 것이라고는 자유뿐이었다. 서로 격의 없이 나누는 대화, 그리고 눈치 보지 않는 행동. 그렇다면 저들이 사는 나라는 도대체 어떤 나라일까. 면천이 필요 없는 땅일까. 불현듯 창우도 그들의 나라가 궁금해졌다. 그런 와중에도 단점이는 아이들처럼 배를 구경하느라 정신없이 돌아다니고 있었다. 어느새 빨간 머리털의 앨런이 음탕한 눈으로 단점이의 뒤태를 훔치는 중이었다.

*

구경꾼들은 어둠이 짙어져서야 배를 떠났다. 그 바람에 선원들은 배를 정리하느라 한동안 부산을 떨어야 했다. 존의 책임구역인 화덕 주위와 조리실도 엉망이긴 마찬가지였다. 그 바람에 저녁 준비가 늦었다. 다행인 것은 조선인들이 가져다 준 음식 덕분에 느긋하게 요리에 임할 수 있었다는 것이다. 더군다나 풍이로부터 싱싱한 가자미 생선까지 얻는 횡재를 했다. 영국의 전통요리 로스트비프는 먹을 수 없었지만 덕분에 '피쉬 앤 칩스' 요리를 맛본다는 게 얼마나 감사한 일인가. 역시 풍은 덩치는 작았지만 마음이 넉넉한 사람임은 분명했다. 늦은 저녁을 먹고 있는데 이번에는 횃불들이 배로 몰려들었다. 윌리엄으로부터 즉각 돌려보내라는 명령이 떨어졌다. 성질 급한 앨런이 벌떡 일어섰다. 그리고 그들을 향해 거친 욕설을 퍼부어댔다. 하지만 욕을 들어도 횃불들은 배 주위만 맴돌았다. 창을 지닌 군인까지 대동한 것으로 보아 이 지역의 또 다른 높은 행정관인 듯싶었다. 하지만 끝내 우리가 반응을 보이지 않자 돌아가고 말았다.

*

꼭두새벽부터 풍은 부지런을 떨었다. 어제 신선대에 올랐을 때, 존이 해가 뜨면 오겠다는 의사를 몇 번이고 몸으로 표현했기 때문이었다. 풍은 하늘부터 기웃거렸다. 구름도 구경 삼아 죄다 이곳으로 몰려온 것인지 사방은 안개로 가득했다. 그는 안개를 뚫고 마을을 돌아다니며 잘 마른 소나무 장작과 채소를 확보하느라 정신이 없었다. 겨우 여유를 찾았을 때에는 사방이 훤해진 다음이었다. 풍이 늦은 아침을 먹고 부랴사랴 백사장에 섰을 때에도 이양선에서는 아무런 움직임이 없었다. 그는 다시 배 모양을 살폈다. 몇 번이고 봤지만 볼 때마다 신기하기만 했다. 돛이 두 개인 배는 이곳에도 많다. 하지만 이물에 저렇게 삼각 돛대를 한 배는 없었다. 저 삼각돛이 배의 움직임을 자유롭게 조종하는 노와 같은 역할을 하는 모양이었다. 바람을 이용해 진로를 자유자재로 바꾸는 지혜. 그들은 이미 그걸 터득하고 있는 듯했다. 저렇게 바람을 효율적으로 이용한다면 배의 속도 또한 빨라지는 법. 그렇다면 바다의 끝까지 갈 수 있지 않겠는가. 아, 바다의 끝은 어디일까. 그 끝에는 무엇이 있을까. 거긴 시헉에서 말하는 천국이 있을까. 아니면 불국토가 있을까. 풍은 저 배를 타고 바다 끝까지 가보고 싶다는 생각이 들었다. 그들에게 자신을 데려가달라고 부탁하고 싶었다. 마을 사람들이 하나둘 장작더미를 메고 오는 모습이 보였다. 그때였다. 느닷없이 풍의 곁으로 군졸들이 다가왔다. 자네가 풍이란 작자인가. 예, 그렇소만. 그럼 우리와 함께 통제사 나으리께 가세. 아니, 수군통제사 나으리께서 무슨 일로 나를 찾는단 말이오? 다 이유가 있으니까 보자는 것이 아니겠나, 얼른 나서게. 풍이 도망가기나 할 듯, 군졸 두 사람이 재빨리 달려들어 겨드랑이를 꽜다.

양인들이 신선대에 올라 무엇을 하였다고? 통제사의 물음에 풍은 그저 머리를 조아리고 묻는 대로 대답할 뿐이었다. 유람하듯이 오른 후 그림을 그렸사옵니다. 그림을 그려? 분명히 네가 직접 눈으로 보았느냐? 예, 세필 같은 것으로 그림을 그리는 걸 똑똑히 보았습니다. 그럼, 그림의 속도 보았느냐? 왜관이며 마을 위치, 그리고 절영도까지 상세하게 그려져 있었습니다. 네 이놈, 그걸 보고서도 아직 네 우둔함을 깨닫지 못했단 말이냐? 예? 무슨 말씀이시온지? 그놈들은 그림을 그린 것이 아니라 부산포의 지도를 그렸단 말이다. 지도라니요? 그건 지도가 아니라 그림이었을 뿐입니다. 허허, 이놈이 아직도 제가 한 짓을 모르는구나. 제가 한 짓이라뇨? 임진년에 대마도 돌중 현소(玄蘇)가 왜놈들 길잡이 노릇 한 것을 정녕 모른단 말이냐? 풍은 잠시 우두망찰했다. 임진왜란을 어찌 부산포 사람들이 모를 리 있겠는가. 이 일을 어쩐단 말인고, 임신년에 어리석기 짝이 없는 놈이 나타나 또다시 정체 모를 적을 불러들이는 우를 범하다니. 여봐라, 얼른 이놈을 오라로 묶어 옥방에 가둬라. 풍은 정신을 차릴 수 없었다. 적을 불러들이다니, 그럼 내가 역적질을 했단 말인가. 역적질은 너무 억울했다. 하지만 누구 하나 그의 호소에 귀 기울이는 이는 없었다. 등 뒤에서 통제사의 목소리가 다시 쩌렁쩌렁 울렸다. 이 시각 이후부터는 주민들의 이양선 근접을 일체 금하라. 그리고 지금 당장 이양선의 수괴를 만나 그 지도를 회수하리니 어서 빨리 출정 채비를 차리도록 하라!

*

이양선 접근을 금하자 사람들도 일상에 눈을 돌리기 시작했다. 논으로 나가 물꼬를 보거나 피를 뽑기도 했고, 어떤 이는 소꼴을 베러 나서거나 밭의 고구마를 캐기도 했다. 창우도 아침상을 밀자마자 짚신을 엮느라 처마 밑에 엉덩이를 부렸다. 하지만 일이 손에 잡히지가 않았다. 도대체 풍이 무슨 잘못을 저질렀기에 잡아갔단 말인가. 그깟 이양선 무리들과 어울렸다고? 말도 통하지 않는 그들을 도운 것이 무슨 죄가 된단 말인가. 죄라면 먼저 내 나라를 침범한 저 양인들이 지지른 게 아닌가. 잡아가려면 양인을 잡아가야지 왜 풍을 잡아간단 말인가. 창우의 입에서는 연신 한숨이 터져 나왔다. 안 그래도 발 탄 강아지마냥 자리에 가만있지 못하는 풍이 때문에 속을 태우던 단점이. 그녀는 또 얼마나 애간장이 탈까. 그러니 대책도 없이 자성대로 달려가지 않았겠는가. 창우는 차라리 이번 일로 단점이가 마음을 달리 먹었으면 싶기도 했다. 그게 사랑하는 풍이를 위하는 길이었다. 남성 평민과 여성 천민의 결혼은 여성의 신분을 따라야 한다. 그게 조선의 율법이다. 천민이 된다는 건 인간이 아닌 동물로 산다는 것. 그 사실은 누구보다 창우가 평생 동안 겪은 일이 아니던가. 하지만 그건 어디까지나 그다음에 생각해도 될 일. 우선 급한 건 끌려간 풍이였다. 창우는 답답한 마음에 허공을 올려다보았다. 흐릿한 태양이 정수리 위에 앉아 있었다. 이 정도 시각이 흘렀으면 단점이가 돌아올 때가 넘었다. 창우는 바깥 동정이라도 살필 겸 돌담 앞으로 가서 섰다. 이양선 무리 몇몇이 땔감과 식수를 배로 실어 나르고 있었다. 댕기머리 선원 하나가 자꾸 풍의 집을 쳐다보는 게 아무래도 존인 모양이었다.

그래, 저간 사정을 알아보았더냐? 단점이가 나타나자 창우가 다급하게 묻고 나섰다. 아저씨, 이를 어째요? 오라베가 역적질을 했다네요. 역적질을 해? 네, 양인들이 지도를 그리는 걸 도왔다고 옥방에 가둬놓고 만나지도 못하게 하던걸요. 단점이는 기어이 참았던 울음을 마루 밑에 뿌렸다. 창우는 그녀의 어깨를 다독이며 긴 숨을 내쉬었다. 일이 이 지경에 이르다니. 그렇다고 이렇게 마냥 넋 놓고 있을 수도 없잖은가. 무언가 해야 하는데 어떻게 손을 써야 할지 막막하기만 했다. 헤이, 풍! 조그만 배로 땔감을 나르던 존이 난데없이 나타났다. 아까부터 집 쪽을 바라보는 꼴이 수상하더니 그새 풍과 정이라도 들었단 말인가. 하긴 정은 한순간에 생기는 게 아니라 쌓이는 거라 했던가. 풍은 잡혀갔소. 당신들 때문에 말이오. 존은 무슨 말인가 싶어 눈을 홉떴다. 우리 오라베가 이렇게 두 손을 오랏줄에 묶여 끌려갔단 말이에요. 그러니까 당신들이 책임지세요. 그렇지 않으면 당신들을 절대 보내줄 수 없어요! 곁에 있던 단점이가 눈물을 훔치며 왜장을 쳤다. 그런 호소 탓일까. 존의 표정이 갑자기 어두워졌다. 창우가 다시 나섰다. 풍이를 살리려면 당신들이 그린 지도가 필요하오. 저 위에서 이렇게 네모난 종이에다 그린 그림 말이외다! 그것만이 풍을 여기, 이 집으로 돌아오게 할 수 있소. 존은 창우의 몸짓을 한동안 지켜보더니 되물었다. 더 맵? 비코즈 오브 댓? 존은 양팔을 동원해 무슨 말인가를 한참을 중얼댔다. 그래도 말이 통하지 않자 제 가슴을 몇 번 쳐대고는 마지못해 돌아섰다.

사람이 만든 공간에 사람이 없으면 얼마나 쓸쓸해지는가. 이양선이 닿은 지 벌써 이레째. 마을은 아무 일도 없는 듯 평온했다. 하지만 풍이 잡혀가고 난 후 창우와 단점이의 일상만은 뒤바뀌고 말았다. 풍은 창우와 단점이를 위해 아래채를 선물했다. 그리고 자투리 채전까지 마련해주었다. 그런 풍의 넉넉한 가슴이 있었기에 오늘의 그들이 있을 수 있었다. 그런데 은인을 구하기는커녕 아무것도 할 수 없기에 답답할 노릇이었다. 오늘도 두 사람은 마루청에 앉아 목만 길게 내뺐다. 이제 식료품마저 실었으므로 이양선은 곧 떠날 터였다. 이양선이 떠나고 풍이 돌아온다면 마을도 예전과 다를 바 없었다. 하지만 풍은 언제 돌아올지 기약할 수 없었다. 대체 지도에 무슨 군사기밀이 들었기에 풀어주지 않는단 말인가. 눈 달린 사람이면 다 아는 이곳 풍광을 지도로 수십 장을 그린들 무슨 상관이 있으랴. 숨기고 감추어야 할 강산이라면 왜 왜선은 맘대로 이곳을 들락거리게 하느냔 말이다. 정말 생각만 해도 기가 막힐 노릇이었다. 오늘따라 빗방울까지 심란함을 부추기고 있었다. 백사장 앞에 댕기머리 존과 군졸들이 비를 맞으며 마주보고 서 있는 게 보였다. 채 싣지 못한 물품이라도 있는 것인가. 선원 중 제일 바쁘게 움직이는 건 존밖에 없었다. 존의 손에는 두루마리 같은 길쭉한 것이 쥐어져 있었다. 존이 그 물건을 군졸 앞에 바투 갖다대고 흔드는 꼴이 두루마리 때문에 언쟁이 붙은 것 같았다. 뜻대로 되지 않은 것일까. 존이 허리에 찬 총을 꺼내 들었다. 지켜보던 창우의 눈이 휘둥그레졌다. 존은 주위를 두리번거리더니 총을 겨누었다. 타앙! 소리가 나기 무섭게 달려가던 개가 퍽, 쓰러졌다. 순식간의 일이었다. 놀란 군졸들이 창을 버리고 줄행랑을 치기 바빴다.

깊은 밤이었다. 뭔가 쿵, 넘어지는 소리가 났다. 창우와 단점이는 동시에 방문을 열었다. 마당 한가운데 풍이 쓰러져 있었다. 오매, 풍이 오라베! 단점이가 맨발로 뛰쳐나갔다. 그리곤 풍을 부둥켜안고 울먹이기 시작했다. 흐흐흑, 나도 죽는 줄 알았다니까, 오라베가 보고 싶어서. 근데 이 꼴이 뭐야. 누가 이렇게 만들었어? 창우는 송진 가지에 불을 댕긴 다음 소리쳤다.

뭐하는 거냐? 고생한 사람, 방으로 들이지 않고? 불빛 아래 눕히고 보니 풍의 몰골은 형편없었다. 옷은 피와 흙으로 엉망이었으며 얼굴은 온통 상처투성이였다. 몸도 성한 곳이 없었다. 곳곳에 멍과 매질의 흔적이 오롯했다. 창우는 자신도 모르게 신음을 토해냈다. 사람을 이런 꼴로 만들다니, 쯧쯧. 급히 물을 끓여 몸을 닦았다. 상처에 수건이 닿을 때마다 풍의 입에서 외마디 비명이 터졌다. 풍을 이부자리에 눕히니 닭이 울었다. 풍의 입에서 신음소리도 잦아졌다. 때를 기다렸다는 듯, 창우가 묻고 들었다. 그래, 이제 좀 정신이 돌아오는가. 풍이 여리게 고개를 끄덕였다. 영영 자네를 못 보는 줄 알았네. 나도 못 보는 줄 알았소. 근데 어떻게 풀려났는가? 존 때문이오. 존? 예, 존이 지도를 넘겼소. 창우의 눈이 반짝였다. 저들의 방문 목적이 지도 직성에 있다면 그것을 쉬 내놓을 리 없었다. 자네 눈으로 넘겨준 지도를 똑똑히 보았는가? 예, 보았소. 그럼, 그 지도가 맞던가? 풍이 고개를 저었다. 그러면 존이 풍을 구하기 위해 계략을 꾸몄단 얘기가 아닌가. 창우의 가슴이 둥둥 북소리를 내기 시작했다. 풍이 입을 연다. 그 양반들, 존이 떠나면 나를 다시 옥죌 것이오. 그렇다면? 그렇소. 그들의 손아귀에서 벗어나는 방법은 한 가지밖에 없소. 풍이 제 어금니를 으드득, 갈았다. 내어줄 것은 목숨뿐이므로 절대 내어줄 수가 없다는 듯이. 오라베 혼자 보낼 순 없어. 나도 갈 테야. 죽어도 같이 죽기로 맹서했잖아, 우리! 창우는 방바닥이 꺼져라 숨을 내몰았다. 이 둘을 어쩌란 말인가. 저 지독한 사랑은 어쩌란 말인가. 지도가 거짓임이 밝혀진다면 풍은 죽은 목숨이다. 그렇다면 길은 풍이의 말대로 한 갈래뿐이란 말인가. 두 사람은 창우가 있든 말든 부둥켜안고 해후의 감정을 나누기에 바빴다. 창우는 헛기침 몇 개를 떨어뜨리고는 밖으로 나섰다.

*

별이 떴다는 건 날이 갠다는 뜻이 아니겠는가. 날씨 탓에 묶여 있었다니 해가 솟는다면 필시 이양선은 뜰 것이다. 그들의 항로가 대마도라 했던가. 그렇다면 오륙도 근처로 지나갈 것이다. 거친 바람과 파도를 피하려면 뭍 가까이 붙을 것이 당연한 법. 그럼, 그들이 떠나기 전에 모처럼 흥이라도 내볼까나. 창우는 막걸리 한 사발을 들이켠 후 버릇대로 통마늘을 씹었다. 이상하게 오늘따라 마늘 냄새가 역겨웠다. 허허, 웅녀처럼 이제 나도 인간이 다 된 것인가. 왜 늘 먹던 마늘이 고약하게 느껴진단 말인고. 창우의 발은 어느새 광으로 향하고 있었다. 여태 무슨 미련이 남아 곰탈과 가죽옷을 버리지 못했을까. 오늘을 위해 그런 것일까. 창우는 곱게 모셔놓은 곰탈을 꺼냈다. 조금 상하긴 했으나 무두질을 잘해놓아 털이며 모양은 그대로였다. 더군다나 어제 낮에 기름을 바르고 털까지 손질해놓은 터였다. 윤기가 흘러야 멀리서도 뚜렷이 곰의 형체를 알아

볼 수 있을 테니까. 곰탈을 만지자니 곰춤을 처음 가르쳐준 웅노인의 말이 떠올랐다. 곰은 말이야, 습성상 끌어당길 줄만 알지 밀어낼 줄은 모른다네. 그것 때문에 제 목숨을 잃지. 웅노인은 그러면서, 그냥 창만 겨누고 있어도 곰을 잡을 수 있다고 했다. 곰 스스로 창마저도 잡아당겨 제 가슴을 찌르기 때문에. 그러고 보니 그의 삶 또한 곰이나 마찬가지였다. 밀어내지 못해 제 스스로 상처를 입고 마는. 사월이를 제 마음에서 밀어낼 용기가 있었다면 창우 또한 그렇게 깊은 가슴앓이를 하지 않았을 것이다. 창우는 회한이 파도처럼 밀려옴을 느꼈다. 기실, 단점이와 풍이도 사월이와 다를 바 없었다. 창우는 이제 어떻게 처신해야 하는지 알았다. 이젠 끌어당길 것이 아니라 밀어내는 방법도 배워야 할 때임을. 창우는 천천히 곰털 가죽옷까지 껴입었다. 오랜만에 완전한 분장을 하니 옛일들이 몰려왔다. 하지만 마음은 그지없이 편했다. 덕분에 저절로 노래가 흘러나오고 덧뵈기 춤사위까지 터졌다.

창우와 풍은 나란히 배에 앉아 낚싯줄을 드리우고 있었다. 하지만 눈길은 바다가 아닌 까치섬 쪽이었다. 기회를 놓쳐 난바다로 들어선다면 그 속도를 따라잡을 수 없다. 그러니 돛이 바람을 제대로 타기 전에 붙잡아야 한다. 그렇지 않았다간 모든 계획이 수포로 돌아간다. 곰탈과 가죽은 눈에 잘 띄는 이물에 뉘어놓았다. 창우는 다시 누워 있는 곰에 눈길을 주었다. 소를 구입하고자 한 작자들이니 곰을 본다면 그냥 지나칠 리 없을 것이다. 마음, 단단히 먹어야 하네. 풍이 진중하게 고개를 끄덕였다. 단점인 내 자식 같은 아이네. 부디 잘 돌봐주게. 그러고는 창우의 눈은 곧장 까치섬 쪽으로 돌아갔다. 아저씨는 어쩌실려구요? 난 걱정 말게, 개똥밭 구를 날도 얼마 남지 않았잖은가. 창우의 눈에 흰 돛을 올린 채 만을 빠져나오는 이양선이 보였다. 때가 온 것 같네, 어서 서두르게. 창우는 낚싯줄을 팽개치고 얼른 노를 움켜쥐었다. 시킨 대로 얼른 수건을 흔들게나. 창우는 힘껏 노를 젓기 시작했다. 헤이, 존! 윌리엄 선장! 여기 선물을 준비했다네. 가져가게! 몇 번이고 소리쳐도 이양선에서는 아무 반응이 없었다. 그 사이 두 배의 거리는 자꾸 멀어지고 있었다. 여기 곰고기네, 얼른 와서 싣고 가게! 창우는 턱까지 숨이 차올라 소리치기도 힘들 정도였다. 그래도 배는 멀어질 뿐이었다. 두 사람이 낙담한 표정을 짓고 있는데 뜻밖에도 이양선의 뱃머리가 서서히 그들의 방향으로 돌기 시작했다. 그러더니 천천히 다가오기 시작했다. 천리경을 쥔 채 동정을 살피는 윌리엄과 그 곁에 선 존까지도 육안으로 보일 정도였다. 펼친 돛마저 내려지자 창우의 얼굴에 미소가 퍼졌다. 어서 배에 오를 준비를 하게! 창우의 말에 풍이 조심스레 곰을 등에 업기 시작했다. 곰이 살아 있는 듯 풍의 등 위에서 꿈틀했다. 존이 재빨리 풍을 향해 사다리를 내렸다. 풍은 곰을 업은 채 창우를 돌아보았다. 뭐하는가, 얼른 서두르지 않고! 창우가 잽싸게 다그쳤다. 풍이 줄을 잡고 이양선으로 오르기 시작했다. 창우는 고개를 들어 풍의 행동을 살폈다. 그러다가 풍이 갑판 위에 무사히 올라서자 재빨리 반대편으로 노를 젓기 시작했다.

곰을 보고 먼저 달려든 건 빨간 머리털 앨런이었다. 모처럼 육고기로 뱃장구를 두드리나 싶었는데 튀어나온 건 여자였다. 놀란 표정을 하기는 선원들도 앨런과 마찬가지였다. 망원경에 눈을 붙이고 있던 윌리엄 함장은 선원들의 웅성거림에 고개를 돌렸다. 자신의 눈을 믿을 수 없었다. 갑판 위에 웬 여자라니. 윌리엄은 재빨리 배가 있던 쪽으로 눈길을 돌렸다. 곰을 싣고 온 배는 이미 한참을 멀어진 다음이었다. 윌리엄은 선원들 사이를 헤치고 여자 앞으로 다가갔다. 그대의 정체는 무엇인가? 존이 한 발 앞으로 나섰다. 이 여잔 풍의 계집입니다. 이들이 왜 우리 배를 탔는가, 탄 이유는 무엇이라고 생각하는가? 이들은 이곳에 있으면 목숨이 위험하기 때문입니다. 그럼, 이 모든 게 존, 자네가 꾸민 짓인가? 제너럴, 전 그런 계략을 꾸민 적은 없습니다. 그럼, 왜 이런 일이 벌어진 건가? 그건 저도 잘 모르겠습니다. 윌리엄과 존이 주고받는 대화가 심상찮은 것을 풍도 눈치챘다. 지켜보던 풍이 큰소리로 말했다. 삯은 얼마든지 지불하겠소. 대신 우리를 존의 나라까지만 데려다주시오. 존이란 단어가 튀어나오자 윌리엄이 다시 존을 노려보았다. 이 모든 일은 전적으로 자네 책임이 크네, 지금 당장 두 사람을 하선시키게. 함장님! 난바다에서 내린다면 그건 죽으라는 얘기 아닙니까? 어차피 죽을 목숨들이잖은가. 존은 잠시 말을 잃었다. 앨런이 칼을 쥔 채 야릇한 미소를 지었다. 풍은 뜻하지 않은 위기를 맞은 것을 직감했다. 무언가를 원하는 것만으로는 부족하다. 열렬히 갈망해야 한다. 윌리엄! 풍의 목청에 윌리엄이 고개를 돌렸다. 풍이 사정없이 단점이의 치마를 걷어올렸다. 윌리엄의 눈이 커졌다. 이것 보시오. 뱃속에 우리 아기가 자라고 있소. 그래도 내리게 할 참이오? 윌리엄은 잠시 말을 잃고 서성였다. 혹시 길리스단? 단점이가 손가락으로 윌리엄의 목에 걸린 십자가를 가리키며 소리쳤다. 길리스단이라니, 이 목걸이가? 그 순간 윌리엄의 머릿속으로 이상한 생각이 스쳤다. 혹시 길리스단은 크리스찬을? 윌리엄은 낯선 이방인의 입에서 자신들이 경배하는 신과 관련된 단어가 나오자 그저 놀라울 뿐이었다. 일단 돛을 올리게! 윌리엄이 선원들을 향해 명령했다. 두 사람의 처분 문제는 잠시 미룰 생각이었다. 어차피 길은 멀었으므로 천천히 생각해도 될 일이었다. 배는 점점 속도를 내기 시작했다. 그제야 풍은 곁에 있던 단점이를 힘껏 끌어안았다. 멀리서 이기대가 그 광경을 지켜보고 있었다.

버드나무 아래서

동삼동 패총전시관 내
사슴선각무늬토기에 부쳐

'사슴이 새겨진 그릇'을 보면 누나가 생각난다. 그러면 나도 모르게 저절로 버드나무로 향하게 된다. 버드나무 아래에 서면 이마에 흉터 자국이 뚜렷하던 누나의 얼굴이며 나를 다시 찾아오겠다던 누나의 약속까지 선명하게 떠오른다. 그때쯤이면 물기 그렁한 눈으로 바닷가를 에두른 조붓한 서덜길을 나도 모르게 더듬기도 한다. 사실 누나는 이곳을 떠난 후 한 번도 찾아온 적이 없다. 그래서 더 누나가 보고 싶다. 울보였던 '작달누'. 작달누는 한 그루 버드나무였다. 여린 가지를 지닌 버드나무처럼 누나도 작은 바람에 우우, 우는 소리를 곧잘 내곤 했으니까. '위엄아'의 사소한 말 한마디에도 느닷없이 물처럼 맑던 눈이 흐릿해지곤 했으니까. '아바'가 바다에서 영영 돌아오지 않았을 때에도, '엄아'를 잃었을 때에도 울지 않던 누나였다. 하지만 언제부터인가 내 몫까지 울어 주는 것처럼 두 눈에 눈물 열매를 달기 시작했다. 그렇게 나만 보면 눈시울을 적시던 누나. 그 작달누는 지금 무엇을 하고 있을까. 내가 이렇게 그리워하는 것을 알기는 할까.

버드나무 그늘로 달팽이 한 마리가 기어가고 있다. 녀석을 물끄러미 내려다본다. 녀석은 마치 아주 깊은 생각에 잠긴 것처럼 느릿느릿 움직인다. 녀석도 나처럼 생각이 많은 것일까. 아니면, 나처럼 멀리 떠난 피붙이를 찾아 헤매고 있는 것일까. 혹시, 이 녀석이 누나와 함께 봤던 그 달팽이 중 한 놈은 아니었을까. 그때, 달팽이는 두 마리였다. 두 마리는 지금 당장 하나가 될 듯이 서로 엉겨 붙어 있었다. 더듬이를 잔뜩 세우고 아주 깊은 포옹의 자세를 풀지 않은 채. 녀석들의 행동을 지켜보던 누나가 갑자기 얼굴을 붉혔다. 그러곤 벌에게 쏘인 것처럼 부리나케 자리를 떴었다. 아마 그 뒤였을 것이다. 누나가 가슴을 숨기기 시작한 것이. 이후 누나는 예전처럼 목젖을 내놓고 깔깔거리지도 않았고 말수도 현격히 줄었다. 그러더니 나를 두고 혼자 이 버드나무 아래에 쪼그려 앉아 있곤 했다. 누나는 왜 하필 다른 곳을 두고 이곳을 찾기 시작했을까. 그게 '큰할바'와 '위아바' 탓이었을까.

다른 무리들과 거래는 늘 있는 일이었다. 하지만 이번 '큰할바'와 '위아바' 걸음 뒤에 묻어 온 말들은 예전과 달랐다. 그랬기에 '위엄아'가 작달누의 몸매를 흘낏거리면서 했던 말이 더욱 머리에서 지워지지 않았다. 네 누나가 이렇게 달거리까지 하는 여자로 자랄 줄은 몰랐다고 했던가. 솔방울같이 작디작은 누나가 태어났을 때, 정을 주어서는 안 된다는 것을 알아채, 네 엄아조차 젖을 물리지 않고 움집 구석에 밀쳐놓았다고 했던가. 그러고는 위엄아는 아무 탈 없이 자란 것이 대견한 듯 깔깔거렸었지. 위엄아의 말처럼 누구보다 생에 대한 집착이 컸던 누나. 그런 누나의 집착이 다른 핏줄의 목숨까지 앗아간 것일까. 누나의 다음을 이어 엄아의 배를 차지했던 동생 둘마저 돌도 넘기지 못하고 숨을 놓았다고 했다. 위엄아의 말을 들으면서도 나는 작달누를 원망하기보다는 되레 고맙다는 생각만 했다. 누나마저 명줄을 덜컥 놓아비렸더라면 나는 아주 외롭게 자랐을 것이므로.

연기처럼 움집 주위를 에워싼 소문은 사실이었다. 짝이 될 사내는 반구 어디엔가 사는 무리라고 했다. 사내의 이름을 듣는 순간 나도 모르게 눈물이 핑, 돌았다. 누나에게 따지고 싶었다. 왜 나를 버리고 떠나냐고. 하지만 그날따라 움집이며 바닷가에도 누나의 모습은 보이지 않았다. 그러다가 버드나무숲을 떠올렸고 곧장 이곳으로 작살처럼 달려왔었다. 누나는 버드나무 그늘 아래 고개를 숙인 채 앉아 있었다. 마치 발아래

무엇을 발견한 듯이. 누나에게 다가간 내가 먼저 입을 열었다.

"검은달 사내, 좋나?"

"안!"

"근데 와?"

"큰할바 말, 들어야 하니까."

"듣지 마라!"

"들어야 한다. 엄아도 그렇게 왔다, 여기."

"그래서 아기 낳으러 가나?"

"아기 낳아야 검은달과 우리, 피붙이 된다."

"난 싫다. 작달누만 있음 된다!"

"가야 한다, 집 가져야 한다. 나도, 너도."

물기 가득한 목소리로 대꾸하던 그때, 누나도 발밑으로 기어가는 달팽이를 보고 있었을까. 제 집을 떠멘 채 먼 길을 가고 있던 달팽이를. 사람도 제 집을 가져야 한다. 그래야 행복하다. 집 없는 서러움은 누나도 나도 겪었다. 그래서 제 집을 갖기 위해 나를 버리고 떠난 누나가 미웠다. 하지만 이제는 안다. 누나의 말처럼 나도 팔과 다리에 근육이 붙었으며 위엄아의 품을 떠날 때가 됐으니까. 내가 지켜보든 말든 달팽이는 제 갈 길을 묵묵히 가고 있다. 하얀 삼실 가닥 같은 액체의 발자국을 남기면서. 그러고 보니 달팽이는 온몸이 발이다. 녀석은 결코 자신의 발자국을 끊는 법이 없다. 발자국이 끊어지는 순간, 제 생이 끝난다는 것을 아는 것일까. 느리지만 결코 멈출 수 없는 발자국. 그게 인간의 삶과 닮았다. 아니, 이곳의 시간을 닮았다. 달팽이가 갑자기 걸음을 멈춘다. 녀석 앞에 주먹만 한 돌멩이 탓이다. 때아닌 장애물에 당황한 듯 달팽이는 주위를 두리번거린다. 나도 모르게 조심스레 손길을 뻗는다. 돌멩이가 사라지자 달팽이는 다시 걸음을 재촉하기 시작한다. 쥐고 있던 돌멩이를 풀숲으로 내동댕이치려다가 멈칫한다. 그리고 천천히 돌멩이를 살핀다. 혹시 이게 누나의 이마에 상처를 새긴 돌이 아닐까 싶어서.

다치게 할 생각은 없었다. 골려주고픈 장난기가 고개를 내밀었을 뿐이다. 놀란 내가 달려갔을 땐 누나는 이마를 두 손으로 감싼 채 붉은 피를 쏟고 있었다. 그때 나는 얼마나 놀랐던가. 피를 토하며 숨을 거두던 엄아 모습이 떠올라서. 어쩌면 그 일 때문에 큰할바에게, 나는 커서 이다음에 누나와 결혼할 거라고 큰소리쳤을지 모른다. 큰할바는 눈빛을 돌칼처럼 날카롭게 만들며 왜장을 쳤었다. 같은 피붙이끼리 흘레를 하면 하늘과 땅의 신이 노한다고, 절대 그런 말은 입에 담아서도 안 된다고. 나는 되레 볼멘소리를 냈었다. 왜 우리는 사슴 부족끼리 결혼할 수 없냐고, 그런 법이 어딨냐고. 큰할바가 말을 이었다. 사슴은 자연의 혼령을 몸속에 지닌 영물이기 때문이라고. 네 발을 가진 동물이면서도 한 그루의 나무이기 때문에 나뭇가지를 닮은 뿔이 다른 암컷의 그늘이 되어 수십 마리를 거느릴 수 있는 거라고. 그제야 나는 알았다. 사슴의 뿔이 위대한 힘을 지녔다는 것을. 우리 부족이 왜 사슴을 숭배하게 되었는지를.

누나는 소식을 전해 듣지 못한 것일까. 아니, 나를 잊은 것은 아닐까. 검은달은 처음부터 알고 있었을 것이다. 큰할바의 가슴에 사슴뿔이 새겨져 있음을. 그렇지 않았다면 사슴이 새겨진 그릇을 혼수품으로 가져오지 않았을 것이다. 달도 없는 캄캄한 그믐밤에 태어났다는 '검은달' 사내. 어쩌면 검은달은 우리가 모르는 시커먼 심장을 지니고 있는지 모른다. 불현듯 누나의 안부가 궁금하다. 누나는 오늘 아침 무슨 일이 있었는지 짐작이나 할까. 그것 때문에 내가 더 불안해 한다는 것도 알까. 이제 나도 밤마다 묵직해진 아랫도리를 주체치 못할 정도로 컸다. 덕분에 필요한 그릇도 내 손으로 굽는다. 토기를 구울 때 왜 잔모래가 조금 섞인 진흙을 이용하는지, 그리고 빗살무늬를 새기는 이유까지도 안다. 그것은 바로 그릇이 깨지거나 금이 덜 가게 하기 위해서임을. 그릇을 만드는 건 의외로 간단하다. 진흙 반죽을 끈 모양으로 만들어 둥그렇게 감아 올라가면서 그릇의 형태를 만든다. 올라갈수록 크기를 줄여 둥근 구멍을 메운다. 그런 다음 물을 이용해 겉을 매끈하게 하면 끝이다. 한데 검은달이 가져온 그릇은 달랐다. 우리가 구운 그릇처럼 검은 색깔도 아닌 붉은색이었으며, 놀랍게도 단순한 빗살무늬가 아닌 사슴들이 연이어 새겨져 있었다. 한 마리 한 마리를 새긴 솜씨가 얼마나 섬세하고 놀라운지 금방이라도 사슴들이 무리를 지어 그릇 밖으로 튀어나와 초원을 향해 달려갈 것만 같았다. 그런 아름다운 솜씨를 아낙들이 몰라볼 리 없었다. 그러니 혼수품으로 도착한 갖가지 물건들, 이를테면 엄청나게 덩치 큰 멧돼지나 정교한 돌 연장들이나 골각기에는 눈길조차 주지 않았을 것이다.

잔치는 성대했다. 밤새도록 움집 주변에는 음식 냄새가 사라지지 않았다. 모처럼 접하는 멧돼지고기에 미리 준비한 열매술이 흥을 돋우었다. 우리는 이미 알고 있었다. 열매에 꿀을 넣으면 사람을 기분 좋게 만드는 술로 둔갑한다는 사실을. 열매술에 취한 무리를 두고 누나는 새로 단장한 움집으로 향했다. 움집으로 향하는 누나의 발걸음은 달팽이처럼 느렸다. 검은달 대신 내가 누나의 손을 잡아 움집으로 들어가고 싶었다. 하지만 위엄아가 내 손을 붙잡고 놓아주지 않았다. 그 바람에 나는 동틀 때까지 위엄아 곁에서 뜬눈으로 지새울 수밖에 없었다. 파르스름한 이내가 낄 때쯤 밖으로 나섰다. 바람꽃이 피어오르고 있었다. 때를 맞춰 버드나무까지 우우, 소리를 냈다. 나는 천천히 버드나무 아래로 향했다. 거기 작달누가 먼저 와 있었다. 누나는 나를 보자마자 끌어안고 울먹였다. 반드시 이곳을 다시 찾아온다고, 엄아, 아바처럼 죽지 말고 살아만 있으라고. 하지만 누나는 가을이 몇 번이나 바뀌어도 토막소식조차 없다.

바람의 체온이 떨어진 걸 달팽이도 알아챈 것일까. 녀석이 나뭇잎 속으로 천천히 파고든다. 이제 녀석도 긴긴 겨울잠을 준비해야 할 것이다. 그러면 녀석도 찾아보기 힘들겠지. 어쩌면 영영 볼 수 없을지 모른다. 움집 주변도 바빠졌다. 사내들은 사냥을 위해 돌칼을 갈고, 돌창을 다듬느라 부산하다. 아낙들은 삼 껍질을 구하기 위해 일제히 움집을 떠나려는 중이다. 아이들은 겨우내 쓸 땔감을 장만하느라 숲속이 왁자하다. 이제 움집의 저장고는 풍족한 끼니들로 넘칠 것이다. 풍부한 먹을거리는 이웃 마을 사람을 부르고 사랑까지 영글게 만들 것이다. 바야흐로 잔치의 계절이다. 뱃구레 두들기며 하루하루를 보내는 것, 얼마나 기다리던 일인가. 하지만 나는 이 가을이 반갑지만은 않다. 이곳을 곧 떠나야 하기에. 며칠 전, 큰할바가 말했다. 우리에게도 가축이 필요하다고. 근처 가락족 무리는 벌써 돼지를 잡아 기르고 있다고. 그러면서 넓은 경작지에서 곡식 키우고 가축 다루는 솜씨가 예사롭지 않은 여자라 했다. 나는 알겠다고 했다. 우리 사슴 부족을 위해서 가축 몇 마리와 바꾸는 혼인 거래는 씨족에 대한 보답이었으므로. 그런데도 나는 지금 버드나무 아래만 서성이는 중이다. 오늘 아침, 이유 없이 사슴이 새겨진 그릇이 깨졌기 때문에 더더욱.

2부

바람 따라

캐나다 참전용사 허시형제

강서구 대저동 적산가옥

사직종합운동장

동래 정씨 2세조에 얽힌 화지산 전설

남구 광선대

영원히 함께

캐나다 참전용사
허시형제 이야기

조셉(Joseph William Hearsey)은 손에 쥔 투명 유리테이프만 만지작거렸다. 오늘따라 잘려나간 부분을 찾으려 해도 쉽지 않았다. 어제 오후까지만 해도 그가 사용했던 테이프였고 이전까지는 잘려나간 부분을 손가락으로 더듬으면 금세 끊긴 부분을 찾아내곤 했다. 하지만 오늘따라 이런 사소한 일마저 쉽지 않았다. 조셉은 끊긴 부분을 조금 더 찾다가 이내 테이프를 내려놓고 긴 숨을 내몰았다. 그러고는 기어이 금이 간 사무실 유리창 너머로 눈길을 던지고야 말았다. 철로가 폭설에 덮인 채 길게 드러누워 있었다. 역사 주변의 단풍나무와 자작나무는 마른 잎 한 장 달고 있지 않았다. 아치(Archibald Lloyd Hearsey)가 이곳에서 열차를 탈 때만 하더라도 붉은 잎을 달고 있어 그지없이 아름다웠다. 그런데 불과 몇

달 사이에 계절이 바뀌고 풍경마저 바뀌어버린 것이다. 아치가 떠나던 그날, 하늘은 왜 그리 맑고 투명했던지. 마치 남쪽으로 날아간 새들의 흔적마저 보일 정도였다고나 할까. 그런 느낌 때문일까. 조셉은 아치를 만류하고 나섰다. 지금 보냈다간 영영 아치를 볼 수 없을 것 같아서였다. 형, 나도 이젠 성인이야. 결정한 걸 존중받아야 하고 책임져야 할 나이라구. 아치가 정색을 하며 되받아쳤다. 스무 살치고는 너무 어리석은 결정이라 이렇게 조언하는 거잖아! 제발, 형이나 목사님처럼 굴지 마, 그래봤자 나보다 한 살밖에 더 많아? 말은 바로 해, 너보다 한 살씩이나 많아. 됐어, 마지막까지 언성 높이며 헤어지고 싶진 않아. 그러고는 아치는 발밑의 더플백을 찾아 쥐더니 플랫폼을 향해 걸어갔다. 고집스런 어깨와 몸피. 그러고 보니 조셉의 말이라면 아버지처럼 믿고 따르던 그런 동생이 아니었다. 아그네스 때문이라면 내가 다시 생각해볼게! 조셉이 아치의 등을 향해 소리쳤다. 아치가 걸음발을 멈춰 서더니 고개를 돌렸다. 이제 다 끝난 일이야, 대신 농장 땅이나 물색해봐. 잘 있어, 형! 아치는 독일 병정처럼 거수경계를 올려붙이고는 가던 길을 재촉해버렸다. 그렇게 도망치듯 전선으로 떠난 동생. 아치가 떠난 후 가족들은 점점 말수가 줄어갔다. 즐거운 일은 하나도 없었고 겨우 살려낸 웃음도 소낙비 맞은 장작불처럼 피식 꺼지기 일쑤였다. 이 모든 게 조셉을 힘들게 만들었다.

한국에서 타전한 유엔연합군 소식에 의하면 곧 전쟁이 끝날 듯했다. 하지만 중공군이 개입하면서 전선에 이상기류가 발생하고 말았다. 승승장구하던 연합군은 작전상 북한 지역의 철수를 감행하기에 이르렀다. 생각보다 전쟁이 오래갈 수 있었다. 상황이 급박해지자 어머니는 트랜지스터라디오 앞에 달라붙어 떠날 줄을 몰랐다. 거리 곳곳에는 대대적인 연합군 자원입대 모집 공고까지 나붙었다. 조셉이 퇴근하여 집으로 들어섰을 때, 어머니가 달려와 그의 손을 붙잡고 말했다. 글쎄, 아치랑 같이 입대한 마틴이 죽었다고 오늘 오후에 전사통지서가 왔다는구나. 이 일을 어쩌면 좋니? 아치는 그렇게 쉽게 죽지 않아요. 그걸 네가 어떻게 단정하니? 그건 아치가 돌아와 가족과 함께 젖소의 젖을 짜야 하니까요. 게다가 녀석은 총도 제대로 쏠 줄 모르니 진선에 내보내지도 않을걸요? 그랬으면 다행이겠지만 지원병을 또 모집한다니 개라고 총 안 쏘고 배기겠니? 어머니는 금세 두 눈을 붉혔다. 조셉 또한 아치가 걱정되지 않는 건 아니었다. 다만 어머니 앞이라 애써 드러내지 않았을 뿐이다. 조셉은 집 밖으로 나섰다. 내처 지원병 모집센터를 겸하고 있는 보건소로 향했다. 근무 시간이 넘었지만 소장은 아직 퇴근하지 않았는지 불이 켜져 있었다. 조셉이 문을 두드리자 소장이 불쾌한 얼굴로 나타났다. 조셉, 설마 근무 시간을 착각한 건 아니겠지? 그럼요, 그냥 사적인 일로 온 거니까 신경 쓰지 마세요. 자네가 온 걸로 봐선 은근히 신경 쓰이는걸? 소장은 테이블 위에 놓은 휴대용 위스키 병을 집어 한 모금을 들이켰다. 용건만 말하게, 저녁에 약속이 있어 나가려던 참이야. 고약한 술버릇으로 마을에 명성이 자자하니 그 약속이란 게 짐작이 가고도 남았다. 동생과 같은 부대에 소속될 수 있다면 자원할까 싶어서요. 소장은 흐음, 헛기침을 한 후 대답했다. 프린세스 패트리셔연대 소속임은 분명하지만 그다음 일은 나로서도 장담할 수 없네. 제2차 세계대전 참전 의무병 출신답게 소장이 애매한 답변을 내놓았다. 소장은 다시금 위스키 병을 입에 가져다 댔다. 그나저나 부모님과 상의는 해봤는가? 아버지는 누구보다 자유와 평화를 사랑하는 분이시죠. 그렇지, 그러니 아들을 둘씩이나 전선으로 보내겠지. 암튼, 자네가 프린세스 패트리셔연대 대원이 된 걸 환영하네. 소장이 먼저 손을 내밀었고 두 사람은 악수를 했다.

이그나스의 겨울은 잔인했다. 눈이 쏟아지면 끝도 없이 쏟아졌다. 조셉이 호수를 에둘러 난 길로 접어들자 눈앞에 꽁꽁 언 수면이 펼쳐졌다. 빙판이 된 호수를 보자 아치 생각이 났다. 둘은 호수가 얼기 무섭게 단풍나무 스틱을 쥔 채 빙판으로 향했었다. 비록 캔을 찌그러뜨려 만든 하찮은 하키볼이었지만 그것만으로도 즐거웠다. 두 사람은 마치 캐나다 아이스하키 대표선수가 된 것처럼 종일 빙판을 누볐다. 아치는 형제이기 이전에 마음이 맞는 한 팀의 콤비였다. 뿐인가, 계절이 바뀌어 여름이 오면 호수는 다시 수영장이 되었고 가을이면 송어를 낚는 낚시터가 되기도 했다. 호수 주변의 숲은 또 어떤가. 마을 사람들의 나들이 장소이자 젊은 연인들의 은밀한 데이트 장소였지 않았던가. 조셉은 고개를 들어 삼나무 숲을 바라보았다. 숲 어딘가에서 아치가 아그네스와 말다툼이라도 하고 있을 것만 같았다. 털레털레 걷던 조셉은 아그네스의 집이 나타나자 걸음을 멈췄다. 고개를 들어 아그네스의 방을 올려다보았다. 아그네스는 마치 조셉이 나타나기를 기다렸다는 듯 창가로 얼굴을 내밀었다. 잠깐만 시간 좀 내줄 수 있겠어? 아그네스가 고개를 끄덕여 보였다. 그럼, 교회에서 기다리고 있을게. 조셉은 몸을 돌려 교회 쪽으로 향했다. 아장거리던 코흘리개 아그네스가 성숙한 엉덩이를 실룩거리는 숙녀가 되리라고는 예상치 못했다. 제 엄마를 닮아 블라우스 밖으로 터질 듯한 풍만한 가슴과 잘록한 허리까지 휘두르며 거리를 거닐면 사내들은 다들 아그네스의 뒤태를 살피느라 눈을 떼기 힘들었다. 아름다운 여인과의 사랑, 그걸 누군들 꿈꾸지 않으랴. 조셉도 마찬가지였다. 그런데 아치가 아그네스를 사랑하고 있다고 말했을 때 조셉은 모든 걸 포기했다. 하지만 아치는 그런 조셉의 마음을 헤아리지 못했다. 그게 마음 아팠다. 교회당 안으로 들어선 조셉은 의자에 앉아 두 손을 모은 채 눈을 감았다. 기도를 하고 있을 때, 등 뒤에서 인기척이 났다. 잠시 뒤 아그네스가 곁에 다가와 앉았다. 그는 기도를 끝냈지만 눈을 감은 채 그대로 가만히 앉아 있었다. 언제까지 대답을 기다려야 돼? 참다못한 아그네스가 먼저 입을 열었다. 기다리게 한 적 없어. 그럼 분명히 말해줘, 날 사랑하는지 사랑하지 않는지. 조셉은 잠깐 흔들렸다. 아그네스를 향해 사랑한다고 말하고 싶었다. 하지만 그는 그 말을 삼켜야 했다. 난 널 사랑하지 않아. 거짓말, 아치 때문에 거짓말한다는 거 나도 다 알고 있어. 아치는 좋은 애야, 너도 잘 알잖아? 난 잘 몰라. 아치가 오면 잘 알게 될 거야. 조셉은 그 말을 끝으로 의자에서 일어섰다. 그리고 교회문을 나섰다. 아그네스와 작별치고는 원치 않던 방식이었다. 하지만 그녀를 만났으므로 나쁘지 않다고 생각했다.

한산하기만 하던 이그나스역이 붐비고 있었다. 플랫폼은 자원입대를 하는 젊은이들과 가족들로 발 디딜 곳이 없을 정도였다. 조셉의 어머니는 끝내 역에 나타나지 않았다. 자원입대 소식을 듣고 도리머리만 치던 어머니. 도대체 너희들이 내 자식인 건 맞긴 한 거냐며 소리치던 어머니의 모습이 눈에 선했다. 동생을 지키려 전선으로 떠난다는 말에 어머니는 더 이상 붙들 수 없음을 깨닫고는 푸른색 파자마 한 벌을 건넸다. 멀리 서라도 자식의 잠자리를 걱정하는 어미의 심정, 그게 어머니의 사랑임을 어찌 모를까. 그랬기에 조셉은 푸른 파자마를 잊지 않고 가방 깊숙이 챙겨 넣었다. 그런 다음 아치를 만나면 건네

줄 아그네스의 사진을 다시 한 번 확인했다. 부디 몸조심하거라. 곁에 섰던 아버지가 말했다. 걱정하지 마세요, 제가 꼭 아치의 손을 잡고 돌아올 테니까요. 그래, 그래야지. 멀리서 기적이 울며 기차가 다가오고 있었다. 그는 아버지와 긴 포옹을 했다. 어린 남동생 레슬리와 로널드는 만형이 기차 트랩을 오르는 사실도 잊은 채 놀이에 빠져 있었다.

*

조셉이 기차를 타고 훈련소로 향하던 그 시각, 아치가 속한 2PPCLI(Princess Patricia's Canadian Light Infantry 제2대대)는 영연방 제27여단에 배속받고 작전명 킬러작전(Operation Killer) 수행 준비에 여념이 없었다. 제군들, 이제 444고지의 적들을 소탕하러 간다, 각자 나눠준 장비들을 빠짐없이 챙기도록, 이상! 소대장 마이크 레비가 소리쳤다. 이제 본격적인 전선에 투입되는 셈이었다. 대원들은 긴장된 눈빛으로 각자 군장을 꾸리기 시작했다. 아치는 불과 몇 개월 사이에 달라져버린 자신의 삶을 생각했다. 그러니까 아치가 고향을 떠나 입대한 것이 지난 1950년 9월 7일의 일이었다. 6주간의 훈련을 마친 그는 미국의 시애틀항으로 이동했다. 그곳에는 그들을 이국의 전쟁터로 데려다줄 미군의 구축함 세 척이 기다리고 있었다. 구축함에 승선한 것이 11월 25일. 장장 23일간의 기나긴 항해 끝에 이국의 작은 항구도시 부산에 도착했다. 크리스마스를 일주일 앞둔 12월 18일이었다. 그때까지 아치가 전쟁이 일어난 코리아라는 나라에 대해 들은 거라고는 일본의 식민지였다는 사실뿐이었다. 그걸 증명하기라도 하듯 구축함에서 내렸을 때에는 일본식 가옥들이 눈에 걸렸다. 이곳이 일본인들의 집단적 거주지였다는 사실은 며칠 뒤에 알았다. 하지만 그것 빼고는 모든 게 평화로워 보였다. 어쩌면 그 이유가 흰옷을 입은 사람들과 둥글둥글하게 생긴 낮은 지형 탓인지 모른다. 이런 곳이 평화를 잃고 전쟁 중이라니 믿기지 않는군. 곁에 있던 빅토르가 중얼거렸다. 빅토르의 말에 아치 또한 고개를 주억거렸다. 하지만 이제 모형이 아닌 살아 있는 적을 향해 총구를 겨누어야 할 시각이다. 아치는 자신이 정말 사람을 죽이는 킬러가 되어야 한다는 것이 믿어지지 않았다. 자, 각자 배정된 트럭에 탑승한다, 실시! 아치는 잠시 머뭇거렸다. 하지만 돌아서기에는 너무 늦었다. 과거의 문은 닫혔고, 그 문 앞에서 망설이는 일이야말로 가장 어리석은 일이니까.

전쟁은 곧 끝날 거라고 했다. 총 한 발 안 쏘고 뒷정리 작업만 하다가 올 것이니 안심하라고 대대장마저 흰소리를 쳐댔다. 하지만 아치가 부산으로 향하던 사이, 상황은 역전되고 말았다. 승리를 앞둔 연합군은 T-34전차를 앞세워 게릴라식 인해전술로 밀고 내려오는 26만의 중공군 앞에서 머뭇거리는 중이었다. 그러다가 작전상 북한 지역에서 철수하라는 명령마저 떨어졌다. 기세등등해진 중공군은 서울까지 쳐들어오면서 연합군은 졸지에 수세에 몰렸다. 며칠 뒤, 탈환한 서울마저 도로 적의 수중에 넘겨주고 말았다. 아치가 속한 2PPCLI는 서울을 재탈환하기 위해 의정부 부근 지평리 444고지를 점령해야만 했다. 444고지를 뚫어야만 서울로 진격할 수 있었다. 목표지점이 점점 가까워지자 조셉은 긴장감으로 아랫배가 싸르르 아려왔다. 연합군이 접근하자 마치 기다리고 있었다는 듯이 중공군 진지로부터 포탄이 날아왔다. 아치의 발 앞에서 포탄이 흙먼지를 일으키며 터졌다. 순간 아치는 나무 밑으로 몸을 날렸다. 바지춤이 젖어 있다는 것도 몰랐다. 드디어 평화를 갉아대는 벌레들과 맞닥뜨렸군. 저놈들을 슬슬 박멸해볼까? 2차 세계대진에 참진한 노회한 마이크 레비 소대장의 말이있다. 레비 소대장은 전투 대형을 유지할 것을 당부했다. 대원들은 소총의 잠금장치를 확인한 후 철모를 더 깊이 눌러썼다. 무전을 받은 기갑부대로부터 적의 참호를 향한 엄호사격이 시작됐다. 기다렸다는 듯이 소대장으로부터 돌격 명령이 떨어졌다. 연합군의 고지 침투가 재개되자 중공군의 기관총이 불을 뿜었다. 곁에 있던 헨리의 입에서 으윽, 소리가 났다. 놀라 돌아보니 헨리가 가슴에 검붉은 피를 쏟으며 쓰러져 있었다. 이봐, 헨리! 괜찮아? 헨리는 숨이 가쁘다며 가슴을 쥐어뜯더니 잠시 뒤 숨을 멈췄다. 그가 겪은 첫 번째 죽음이었다. 동료가 쓰러지자 아무 생각이 없었다. 오로지 적을 죽이지 않으면 내가 죽는구나 하는 생각뿐이었다. 그때 와와, 소리가 들렸고 대응사격 소리 또한 멎어 있는 것을 알았다. 첫 전투의 결과, 동료 넷이 그의 곁을 떠났다.

삶은 하루 만에 달라질 수 있다. 아치의 삶이 그랬다. 생애 첫 전투에서 같이 웃고 떠들던 전우가 죽자 아치의 생각도 달라졌다. 적을 죽이지 않으면 내가 죽는 것이 분명하다는 사실과 살아 고향으로 돌아가려면 적이야말로 무조건 총으로 쏴 죽여야 하는 야생동물에 불과할 뿐이라는 것을. 444고지 점령은 그런 의미에서 아치의 인생을 바꾸게 된 시작점이자 출발선이었다. 아치의 부대는 적의 발자국에 자신의 발자국을 보태면서 계속 북진했다. 피란민 대열은 더욱 늘어났다. 일부 피란민들은 연합군 부대까지 달려와 구걸의 손을 뻗기도 했다. 그런 와중에 서울을 재탈환했다는 기쁜 소식이 날아들었다. 이번 기회에 아예 압록강까지 다시 치고 올라가자구! 빅토르가 호기롭게 말했다. 여긴 우리 조국이 아니야, 살아서 고향으로 돌아가는 게 중요해. 곁에 있던 레오가 진중하게 되받아쳤다. 레오의 말에 어딘지 모르게 비겁한 냄새가 나는 듯했다. 하지만 그 모든 게 힘들다는 건 가평에 와서야 알게 되었다. 적이 방어선을 치고 그들을 다시 기다리고 있었던 것이다.

가평지역은 적에게나 연합군에게나 결코 양보할 수 없는 전략적 군사 요충지였다. 중공군이 서울을 재침공하려면 이 지역을 통과해야 했고, 연합군 측에서는 이 지역을 방어하지 않으면 서울의 안전을 도모할 수 없었다. 아치의 부대는 계곡의 맞은편 677고지에 진지를 구축했다. 계곡을 사이에 두고 대치 상태에 들어갔다. 그 사이 매서운 바람은 온기를 품기 시작했고, 수목들은 전쟁에도 아랑곳없이 새순을 밀어 올렸다. 봄이 와서 좋은 건 딱 하나뿐이었다. 떨지 않고 깊이 잠들 수 있다는 것. 하지만 그런 잠자리는 오래가지 않았다. 중공군 사령관에 새로 임명된 펑더화이(彭德懷)가 수도 서울을 재차 점령하기 위해서 춘계 대공세를 펼친 것이다. 이 공격으로 서울의 북동쪽 사창리 지역이 무너지면서 가평으로 가는 길이 무방비 상태로 노출되고 말았다. 연합군은 신속히 방어 작전을 수립했다. 얼마 지나지 않아 중공군이 떼를 지어 몰려왔다. 이건 뭐 죽여야 할 놈들이 여기 있는 산천초목보다 더 많군. 빅토르가 놀란 표정으로 빈정거렸다. 1951년 4월 23일의 밤은 맑았지만 추웠다. 북향의 산비탈 위에는 여전히 잔설이 남아 있었다. 밤 9시 30분, 중공군 제20군은 박격포와 자동화기를 동원하여 호주군과 캐나다군을 상대로 대대적인 공격을 감행했다. 제임스 R. 스톤 중령의 지휘를 받은 캐나다군은 그 자리에서 죽을 각오로 고지를 지켰다. 고지로 파고들면 수류탄을 던졌다. 그렇게 4월 25일 새벽까지 버텼다. 중공군의 포격 소리가 서서히 멎었고, 더 이상 게릴라식 침투도 없었다. 그제야 적이 이곳을 포기하고 물러섰다는 것을 알았다. 아군의 피해는 심각했다. 고향으로 돌아가길 원하던 레오는 끝내 이곳에서 발걸음을 멈춰야 했다. 아치가 속한 소대원 중 살아남은 자는 빅토르와 그, 단 둘뿐이었다.

*

아치가 참호를 파고 방어선을 더욱 공고히 하고 있던 5월 6일, 캐나다 제25여단이 부산항에 도착했다. 전력 보강이 절실했던 유엔의 요구로 캐나다에서도 연단급의 대대적인 파병이 이뤄졌던 것이다. 25여단에는 아치의 형, 조셉도 들어 있었다. 조셉의 부대는 도착하자마자 미 제1군단에 배속되었다. 그리고 곧장 전선으로 이동해 퇴각하는 중공군 추격에 나섰다. 운천 부근으로 진출하여 5월 30일에는 의정부 자일리를 공격하였으나 각흘봉 일대에 강력한 거점을 구축한 중공군의 저항으로 공격에 실패했다. 그러자 캐나다 제25여단은 덕정 서쪽의 양지말로 이동하여 2PPCLI와 합류한 후 7월 28일 영연방 제1사단에 다시 배속되었다. 신이 이제 나의 기도를 들은 모양이군. 조셉의 말에 곁에 있던 보우먼이 되물었다. 자넨 전쟁의 목적이 동생을 구하는 일인 것 같군. 그래, 동생을 기다리는 사람들이 너무 많거든. 그럼, 자네를 기다리는 사람은 없는가?

나를 기다리는 건 이그나스의 무뚝뚝한 기차뿐이라네. 조셉이 보우먼을 향해 지그시 웃었다. 하지만 조셉의 기쁨은 잠시였다. 전선은 사사로운 형제간의 상봉을 허락할 처지가 아니었다. 25여단은 10월 3일 임진강 북쪽의 주항선을 확보할 목적으로 코만도작전(Operation Commando)을 개시하면서 소대별로 나뉘어 전투에 임해야 했던 것이다. 사실, 이동 중에 낯선 부대의 대원을 만나면 조셉은 먼저 달려가 묻곤 했다. 혹시 아치볼드 허시 대원을 아느냐고. 하지만 동생 아치를 아는 사람은 없었다. 그렇다고 동생 때문에 명령을 어기고 참호 밖으로 뛰어나올 수도 없었다. 조셉은 잠시 참기로 했다. 어차피 같은 부대에 소속돼 있으니 곧 만날 터이므로.

김제고지를 확보하라는 명령이 떨어졌다. 조셉의 소대는 감제고지 왼쪽에서 공격을 시작했다. 포병부대의 선제 지원사격이 이뤄지면 조금씩, 조금씩 고지로 접근해나갔다. 하루에 겨우 5미터도 나아가지 못하는 날도 있었다. 일주일 가까이 공격해도 성과가 없자 본격적인 침투명령이 하달되었다. 공격명령이 조셉에게 전달되던 그때, 아치는 고지 오른쪽에서 적을 향해 파고드는 중이었다. 캐나다 보병들이 고지를 에워싼 채 접근해 오자 중공군도 가만있지 않았다. 대대적인 포격을 퍼붓기 시작했다. 그때 중공군의 포탄 하나가 보우먼과 조셉 사이에서 떨어졌다. 쾅, 소리와 함께 보우먼의 몸이 허공으로 날아올랐다. 보우먼! 소리를 치던 조셉은 오른쪽 어깨에 감각이 없다는 걸 알았다. 이미 그의 어깨가 보우먼을 따라 허공으로 날아간 모양이었다. 조셉은 오른쪽 어깨를 타고 내려오는 고통에 신음조차 제대로 낼 수 없었다. 잠시 후 조셉은 의식이 흐려졌다.

조셉이 피격된 그 시각, 아치는 감제고지 정상에 올라 있었다. 도망갈 기회를 잃은 적들은 두 손을 든 채 참호 밖으로 기어 나와 무릎을 꿇었다. 아군의 피해 상황이 보고되었다. 소대원 몇이 이번 전투에서 또 보이지 않았다. 대원들에게 재차 명령이 주어졌다. 점령한 고지를 사수하라. 아치가 속한 소대는 적이 파놓은 참호에 제 몸을 밀어 넣었다. 맞은편 고지에 방어선을 재차 구축하고 있는 적들의 모습이 눈에 띄었다. 아치가 참호를 정비하고 있을 때, 대대장 제임스 R. 스톤 중령이 찾는다고 했다. 아치는 무슨 일인가 싶어 털레털레 본부 막사로 향했다. 자네가 아치볼드 허시 대원인가. 옛썰! 아치가 대답하자 대대장이 다시 물었다. 형의 이름은 뭔가? 예, 조셉 윌리엄 허시입니다. 으음, 하며 대대장이 고개를 주억였다. 지금 바로 야전병원 막사로 가보게, 형이 기다리고 있네. 예? 아치가 눈을 치떴다. 형이 이 먼 곳까지 면회를 왔을 리 없었다. 어서 가보게, 후송되기 전에 만나고 싶다면 말일세. 아치는 허겁지겁 야전병원 막사로 달려갔다. 야전침대에 온몸을 붕대로 칭칭 감고 누운 사람. 분명히 그 환자는 자신의 형 조셉이었다. 형! 의식을 잃은 채 눈을 감고 있던 형의 눈꺼풀이 떨렸다. 동생의 목소리를 알아차린 모양이었다. 형이 여긴 왜 왔어? 왜 왔는지 말해보라고, 응? 부상이 너무 심해 제 눈조차 뜨지 못하니 대답할 리 만무했다. 그저 할 수 있는 일이라고는 형의 남은 왼손을 붙잡은 채 눈물을 흘리는 것밖에는.

이건 자네 형의 유품이라네. 대대장이 아치에게 건넨 것은 푸른 파자마 잠옷과 환하게 웃고 있는 사진 한 장이 전부였다. 사진 속 아그네스를 보자 지난 일이 한꺼번에 몰려들었다. 어릴 적 같이 뛰놀던 마을의 거리와 데이트를 하던 호숫가의 숲. 그리고 틈만 나면 달려가던 그녀의 이층방까지. 하지만 아그네스가 형을 좋아한다는 말에 그는 두말없이 전선을 택했다. 형을 보지 않아야 형을 미워하지 않을 것 같았기 때문이었다. 그런데 아그네스와 결혼해 행복하기를 빌었던 형이 이곳에 오다니. 형은 왜 스스로 사지를 찾은 것일까. 아치는 우연히 사진 뒷면을 보는 순간 깨달았다. 형이 자신을 얼마나 사랑하는지를. 사진 뒤에는 형이 쓴 필적이 고스란히 남아 있었다. 사랑하는 내 동생의 연인 아그네스! 아치는 형 앞에 무릎을 꿇은 채 고개를 들 수 없었다. 형이 후송된 후 그 또한 후방의 보급부대로 전출 명령을 받았다. 아치는 알고 있었다. 이 모든 일이 모두 형 덕분임을.

지루하게 끌던 휴전회담이 타결되었다. 아치는 군 생활을 끝내고 귀국선을 탔다. 그립고 그립던 고향에 도착해 가족들을 만났다. 레슬리는 청년이 되어 있었고, 막냇동생 로널드는 이마에 여드름이 막 돋고 있었다. 고향에 돌아온 아치는 가족들과 모처럼 단란한 생활을 즐겼다. 하지만 그건 잠시였다. 평화롭다는 것 자체가 이상하게 느껴지기 시작했던 것이다. 특히 막내 로널드를 볼 때마다 조셉 형의 모습이 눈에 선했다. 그 정도로 로널드가 형을 닮았던 것이다. 미국, 영국, 다음으로 많은 병사를 보낸 캐나다. 참전한 대원 26,791명 중 사망자는 516명. 그중에 형이 포함된 것이 순전히 그의 책임인 것만 같았다. 더군다나 아그네스와 결혼까지 하게 되자 그 죄책감을 이루 말할 수 없었다. 형의 모든 것을 자신이 빼앗은 것만 같았다. 자괴감이 들 때마다 아치는 캔맥주로 혀를 헹궜다. 그래도 화약 냄새는 가시지 않았다. 잠이 들면 형이 참호 속으로 파고들었다. 형, 오지 마! 여긴 위험하다구! 그렇게 소리쳐도 형은 꿈쩍도 하지 않고 서서 웃기만 했다. 죽을 수도 있단 말야! 형을 밀치다 보면 형의 오른쪽 어깨와 팔이 그냥 주르륵 흘러내렸다. 그뿐만이 아니었다. 어떤 날은 다가오는 형을 향해 주먹을 날리기도 했다. 그런 악몽을 꾸고 일어나 보면 그의 오른쪽 팔과 어깨가 아팠고 온몸은 긁힌 자국과 멍투성이로 변해 있었다. 아마 몸부림치다가 침대나 벽에 부딪친 모양이었다. 다른 사람과 달리 유독 그만 이렇게 전선을 헤매는 것인지 아치 자신도 알 수 없었다. 농장 일에 점점 흥미를 잃어갔다. 당신, 아무래도 병원에 가봐야겠어요. 참다못한 아그네스가 말했다. 난 괜찮아, 그저 악몽을 꿀 뿐이야. 그런 악몽을 매일 꾸는 게 문제잖아요. 아그네스의 말에 아치는 병원에 가지 않을 수 없었다. 외상후스트레스장애. 하지만 약을 장복해도 악몽은 사라지지 않았다. 그런 와중에 고맙게도 사랑스런 딸아이 데비가 태어났다. 데비가 태어나자 아치는 마치 어두운 곳을 헤매다가 밝은 곳으로 나온 것처럼 정신이 맑아졌다. 문제는 젖소들이 이미 남에게 넘어간 다음이란 거였다.

미국 경기가 살아나면서 덩달아 캐나다에서도 건축 붐이 일었다. 이그나스역은 근처의 숲에서 벌목한 수송용 목재들로 발 디딜 틈이 없었다. 어느 날, 역장이 아치의 집으로 찾아왔다. 역무원이 필요하다네, 그런데 자네 형 생각이 나지 뭔가. 아치는 내일이라도 당장 출근하겠다고 했다. 데비를 위해서라도 일을 해야 할 처지였으므로 부러 그를 찾아준 역장이 고마웠다. 역장이 찾아오기 전, 그는 입대 전에 했던 탄광 일을 다시 해볼까 고민 중이었다. 다만 그런 결단을 망설인 건 기침 때문이었다. 이상하게 탄광만 떠올리면 기침이 터졌던 것이다. 그런 터에 형 덕분에 일터가 생겼다. 다음 날 아침 일찍 출근한 아치는 눈앞에 서 있는 역사를 보자 또 형의 모습이 생각났다. 마치 이 모든 순서가 형이 미리 마련해놓은 것만 같았다. 그런 마음 탓일까. 아치의 발걸음은 저절로 형이 근무하던 이층 사무실로 향하고 말았다. 형의 자리는 이미 다른 사람이 차지하고 있었다. 직원은 아직 출근 전인지 보이지 않았다. 아치는 천천히 다가가 형의 자리에 앉았다. 그러다가 책상 위에 놓인 유리테이프를 발견했다. 테이프를 보는 순간 그도 모르게 테이프에 손이 갔다. 아치는 테이프를 뚫어져라 내려다보다가 고개를 들어 창을 바라보았다. 창은 묘한 실금이 가 있었고 그 금을 따라 투명 유리테이프가 붙어 있었다. 붙인 지 제법 오래되었던지 접착력을 잃고 너덜너덜하게 일어나 있었다. 저걸 누가 붙였을까. 혹시 형이 붙인 것은 아닐까. 아치는 한동안 테이프를 쥔 채 멍하니 서서 깨진 유리창을 바라보았다. 그러다가 자신도 모르게 테이프를 주머니에 집어넣고 말았다.

아치는 형 생각이 날 때마다 사무실에 들렀다. 특히 형이 죽은 10월이 다가오면 더더욱. 10월 9일. 그날을 어찌 잊을까. 형은 그날 전투에서 부상을 입었고, 후송된 지 사흘 만에 하늘나라로 전선을 옮겨버렸다. 그리고 형의 유해는 10월 27일 유엔묘지에 안장되었다. 형의 자리에 앉으면 이상하게 자신이 형의 삶을 살고 있다는 생각이 들었다. 그런 날이면 술 생각이 간절했다. 낮에는 기침으로, 밤에는 술로 속을 달래는 나날들. 그러다가 첫눈이 내린 날, 아치는 도저히 기침을 멎을 수 없는 상태에 빠지고 말았다. 폐에 구멍이 뚫려 심한 손상을 입었다는 의사의 검진 결과를 믿을 수 없었다. 간이면 몰라도 폐질환이라니. 아치는 결국 직장을 그만두었다. 다행인 것은 역무원으로 일하면서 데비를 독립시켰고, 경제적으로 아내를 궁핍하게 만들지 않았다는 점이었다. 졸지에 그는 침대를 병상 삼아 누워 지내는 신세가 되고 말았다. 살아 있었지만 겨우 살아 있었고, 내일 살아 있을지 알 수 없는 나날의 연속이었다. 병상에 누워 있던 어느 날, 캐나다 재향군인회에서 기별이 왔다. 한국에서 보은의 일환으로 참전용사인 그를 초청한다는 거였다. 그는 낯선 타향에 묻힌 형 생각에 당장이라도 달려가고 싶었다. 하지만 그는 비행기를 세 번이나 갈아타야 하는 장거리 여행이 무리인 중증의 몸으로 전락해 있었다. 데비, 네가 대신 가서 안부 좀 진해주고 오지 않으련. 내겐 또 한 사람의 아버지나 마찬가지니까. 데비는 알겠다며 선뜻 아비의 뜻을 받아들였다.

데비는 장거리 여행의 피곤함도 없는지 표정이 밝았다. 좋은 여행이었던 모양이구나. 네, 정말 아버지의 자랑스러움을 느낀 알찬 여행이었어요. 그래? 그렇다면 다행이구나. 이것 좀 보실래요? 아버지에게 보여드리려고 제가 직접 찍어 왔어요. 데비는 아치의 눈앞에 한 장 한 장 사진을 펼쳐 보였다. 사진을 일별하던 아치가 놀라 물었다. 세상에, 이곳이 그 전쟁터 코

리아란 말이냐? 눈앞의 정경을 믿을 수가 없었다. 전쟁으로 민둥산이고 폐허였던 곳이 60여 년 만에 이렇게 고층빌딩에 정돈된 모습으로 바뀔 줄이야. 아치는 사진을 보는 내내 그곳의 자유와 평화를 지킨 것이 무엇보다 자신의 인생에 가장 값진 일이 될 줄은 몰랐다. 이런 나라가 되었다고 하면 저승에 있는 형도 얼마나 뿌듯해할까. 데비, 이 아비가 죽으면 조셉 형과 함께 있고 싶구나. 그렇게 해줄 수 있겠니? 데비는 아비의 마음을 알고 있는지 진중하게 고개를 끄덕여 보였다. 아치는 마치 유언을 빨리 실행에 옮겨달라는 듯, 급히 자신의 생을 마감했다. 손에 아주 오래된 낡은 테이프를 싸쥔 채. 데비는 유언대로 큰아버지 조셉의 무덤에 아버지의 유골을 합장했다. 유엔묘지 역사상 여섯 번째 합장이었고, 부부가 아닌 형제간의 합장으로는 처음 있는 일이었다. 두 사람의 묘비에는 이렇게 적혀 있다.

"형제로 태어나 전우가 되었다가 영원히 함께하다."

마지막 숨바꼭질

강서구 대저동 적산가옥 이야기

언니, 나도 이제 칠성판 질 때가 됐나 봅니다. 요즘엔 옛날 일이 자꾸 떠오르고 사나운 꿈마저 꾸어대니 말입니다. 간밤엔 무슨 꿈을 꿨는지 아세요? 세상에, 참말로 해괴망측한 꿈도 다 있지요. 아, 글쎄 입에서 자꾸 뼈가 쏟아져 나오는 게 아니겠어요? 손으로 뼈를 빼내면 또 뼈가 나오고 그걸 다시 빼내면 또 나오고. 정말 끝도 없이 뼈가 쏟아져 몸의 뼈란 뼈는 죄다 입으로 빠져나오는 줄 알았어요. 난 그게 너무 무서워 고개를 들어 주위를 둘러보았지요. 그런데 거기가 어딘 줄 아세요? 바로 언니가 살던 미우라 상의 배나무 과수원이었답니다.

과수원은 때마침 봄을 맞아 희디흰 배꽃이 만발했더군요.

언니도 알다시피 이곳 일대는 죄다 배나무 과수원이 있었잖아요? 봄이면 설경처럼 펼쳐지는 배꽃의 장관이 너무 좋아 멀리 가마야마(부산)에 살고 있는 일본인들까지 구경하러 몰려왔구요. 눈앞에 하얀 배꽃이 필 때만큼은 우리같이 궁벽하게 사는 사람들조차 코딱지만 한 채마밭을 일구다가 눈길을 과수원 쪽으로 내몰곤 했었지요.

언니가 일하던 미우라 상의 과수원은 이곳 일대에서 제일 규모가 컸지요. 제일, 제이, 제삼 과수원을 경영할 정도였으니까요. 그런 양반이니 저택의 크기도 근동에서 돋보였습니다. 우리는 우람한 금강송으로 지은 그 저택을 목조탑처럼 우러러보곤 했지요. 그런 양반이 성질은 왜 그리 괴팍하던지. 언니도 미우라 상을 '미워라 쌍, 미워라 쌍'이라고 혀를 내둘렀을 정도니 아이들이야 오죽했겠습니까. 그런 미우라 상의 과수원에 내가 와 있으니 더럭 겁이 났습니다. 후다닥, 과수원을 빠져나와 '덕다리'로 달음박질쳤습니다.

덕다리라는 옛 마을 이름을 모처럼 입에 올리니 언니가 웃던 모습이 생각나네요. 언니는, 다리도 없는데 무슨 마을 이름이 덕다리냐며 깔깔거렸죠. 하긴 언니는 이곳에서 태어나지 않았으니 웃음이 터진 건 당연했는지 몰라요. 그 바람에 나는 어른들에게서 들은 지명의 유래를 그대로 언니에게 들려주어야 했지요. 덕다리는 원래 '덕당이'였다, 덕당이는 '나룻배가 닿는 둔덕'이란 뜻인데 한자로 지명을 표기하면서 덕두리가 되었다고 말입니다. 아마 그게 빌미가 되어 나는 꽤 오랫동안 '큰 물가의 모래섬'이 대저도가 된 내력이며 미우라와 같은 일본인이 우리 노전(蘆田)을 차지한 것까지 얘기하게 되었을 겁니다.

언니, 언니에게 말하지 않았지만 우리 가족 또한 미우라 상과 같은 일본인만 오지 않았다면 불행이란 단어는 모르고 살았을 겁니다. 조상 대대로 이곳에 살면서 비록 가난했지만 그건 조금 불편했지 억울할 것까지는 없었을 테니까요. 언니도 들어봤잖아요, '동척'이라고. 내가 태어나기 이십여 년 전에, 한일 합작으로 세워진 동양척식주식회사는 식산 산업의 융성을 빌미로 이곳의 땅을 무상으로 제공받아 개발하기 시작했다더군요. 정지한 땅은 일본인들에게 싸게 불하되었구요. 일본의 농부들은 이곳으로 몰려와 살 집을 짓고 배나무를 심은 거지요.

그들이 처음 이곳에 왔을 때만 해도 잘 교육받은 사람처럼 친절했답니다. 비굴할 정도로 허리를 굽실기리며 무슨 말이든 하이, 하이 하며 웃어대면서. 그러던 그들이 강제합병이 되자 조선인을 소 닭 보듯 하면서 나머지 삼각주마저 집어삼키기 시작했습니다. 땅을 개발할수록 일본인들의 수도 늘어났구요.

일본인들은 구포와 연결다리를 놓고 강의 입구에 수문까지 만들어 붙임으로써 거대한 강줄기마저 틀어버렸지요. 본류였던 서낙동강은 그렇게 해서 수문에 갇힌 처지가 되었고, 감동진(구포의 옛 지명)까지 오가던 아버지의 나룻배 또한 쓸모 없어졌습니다. 어린 나는 그런 아버지의 한숨도 눈치채지 못하고 큰 구경거리를 만난 듯 다리와 수문 근처만 싸돌아다녔죠. 아마 그때쯤 언니를 만났을 겁니다. 언니는 미우라 집의 부엌데기가 된 것만 해도 대단한 행운을 얻은 것처럼 기뻐했지요. 하지만 그런 기쁨은 오래가지 않았습니다.

미우라 상은 욕심이 대단한 양반이었습니다. 온종일 과수원에 서서 '빨리빨리'와 '어서어서'를 외치며 일꾼들을 닦달해댔지요. 용케 그 조선말만은 익혀서 말입니다. 썩은 배라도 입에 대는 날에는 배 값을 그대로 품삯에서 제해버리기도 했지요. 그렇게 채근해서 수확한 배들은 구루마에 실어 구포역으로 가져갔습니다. 언니도 알다시피 이곳의 배는 정말 인기가 많았잖아요? 그들이 개발했다는 신품종 신고배는 맛이 시원하고 달았으며 크기 또한 조선 배와는 비교가 되지 않았습니다. 그러니 너도 나도 달려들 수밖에요. '구포배'로 불린 이곳의 배는 경성이며 중국, 일본에까지 팔려나갔습니다. 하지만 이곳의 조선인 일꾼들은 '대저배'가 구포배로 불리는 걸 섭섭하게 생각했어요. 어쩌면 그렇게 바꿔 부른 건 일본인들의 교묘한 상술 때문일지 모르죠. 대저배라고 부르면 일본인들이 생산한 배라는 게 알려지게 되고, 그러면 자연스레 반일감정 때문에 안 팔릴 수 있으니까 말입니다.

미우라 상은 노회했습니다. 가을에 수확한 배를 한꺼번에 시장에 내다 팔지 않았으니까요. 자신의 집 마당에 있는 깊고 큼직한 지하 창고에 배를 차곡차곡 저장해놓고 한겨울부터 봄까지 비싼 값에 내다 팔아 재미를 보았지요. 그런 미우라 상이 목욕까지 끝내고 잠자리에 들면, 언니는 기다렸다는 듯이 우리 집으로 놀러오곤 했습니다. 언니와 내가 밤새도록 깔깔거리다가 보면 어느새 사방이 훤히 밝아올 정도였지요. 언니의 얘기 솜씨는 얼마나 맛깔스러운지. 얘기를 들으려 부러 난장둑까지 마중 나가 언니를 기다리곤 했지요. 그때 언니에게 들은 얘기가 잊히지 않아요. 특히 맛도 없는 왜간장에 조선인까지 미쳐 날뛴다는 얘기는 더더욱. 산송장이 된 지금에야 언니 말이 옳다는 생각이 드네요. 공장에서 한꺼번에 만들어낸 왜간장이 집장만 할 수가 있겠어요? 집집마다 음식 맛이 다른 건 바로 각자 집에서 만든 집장의 차이 때문인데 다들 집장 대신 왜간장만 사서 먹으니 음식 맛이 같아질 수밖에요.

그렇게 말솜씨가 좋았던 언니가 말문을 닫았습니다. 나야 뭐 일이 힘들어 그렇겠거니 하고 말았지만 비가 억수같이 내리던 어느 날, 언니의 얘기를 듣고서는 가슴이 철렁 내려앉는 줄 알았습니다. 언니는 허겁지겁 내 방으로 달려와 모둠 숨을 내쉬었지요. 내가 무슨 일인지 캐물어도 언니는 쉬 입을 열지 않더군요. 몇 번이나 닦달을 하자 언니는 마지못해 입을 열었어요. '미워라 썅'을 죽이고 싶다고. 전 알고 있었습니다. 언니가 미우라 상의 알몸을 비누칠로 일일이 씻겨준다는 소문이 이미 마을에도 파다하게 퍼져 있었으니까요. 그러니 언니의 가슴을 과일 꼭지 따듯 하는 건 시간문제였겠지요.

언니, 그제야 난 알게 되었습니다. 언니가 점점 처녀가 되어가고 있다는 사실을요. 언젠가 봉긋하게 솟기 시작한 가슴이 신기해 내가 만지려고 하자 언니가 말했었죠. 갈대가 스쳐도 아파서 미칠 지경이라구요. 그땐 몰랐습니다. 가슴앓이라는 것이 그렇게 아픈지를. 그렇게 작은 가슴을 탐하는 미우라를 언니야말로 거부할 수 없었을 겁니다. 갈 곳이 없었고 떠나면 더 큰 불행이 기다리고 있었으니까요. 가슴 만지는 일만 아니면 이곳보다 좋은 곳이 없다고, 그러니 참고 견딜 수밖에 없다면서 언니가 힘없이 말할 때에는 눈치 없이 내 눈물이 볼을 타고 흘러내리더군요.

언니는 내게 오는 발길마저 툭 끊고 말았습니다. 농한기인 겨울이라 그다지 할 일도 없었기에 언니의 안부가 궁금했습니다. 그래서 아마 언니에게 찾아갔을 겁니다. 미우라의 저택 옆에 선 허름한 별채의 방문을 두드리자 언니는 나를 기다리고 있었다는 듯이 반겨주었죠. 난 그제야 미우라가 언니의 밤마실을 금지시켰다는 사실을 알게 되었습니다. 언니의 방에 있는 돌멩이도 그때 처음 보았구요. 그 돌은 마치 잘 다듬어진 신석기시대의 돌칼 같았습니다. 언니가 돌을 이불 밑에 숨기며 얼버무렸죠. 그냥 혹시 싶어 가져다 놓았을 뿐이라구요.

하지만 언니를 찾아가는 나의 발걸음도 오래가지 못했습니다. 나 또한 아버지 때문에 고삐가 꿰인 송아지 신세가 되었으니까요. 하긴 낙동장교 때문에 밤에도 사람들의 그림자가 끊기는 법이 없으니 여식이 걱정이었겠죠. 강 건너 사람들은 야밤에도 대지로 몰려와 횃불을 들고 침게를 잡거나 그물을 던져 고기를 잡아 가곤 했습니다. 자연스레 인근 과수원 쓰리도 빈번하게 일어나 일본 순사들의 순찰도 강화된 상태였거든요.

집에 갇혀 보내는 겨울밤은 무척 길었습니다. 그날따라 일찌감치 잠자리에 누웠어요. 그런데 도저히 잠을 이룰 수가 없디군요. 이불이 가슴에 닿을 때마다 화들짝 놀라 잠이 깨곤 했습니다. 나 또한 언니처럼 가슴앓이를 하는 중이라 언니 생각이 나더군요. 그래서 몰래 방을 빠져나오고야 말았습니다. 겨울바람은 몹시 차더군요. 거침없이 달려드는 강바람이 얼굴을

칠 때마다 마치 칼날로 쓰윽 베는 듯했습니다. 언니의 방 앞에서 조용히 언니를 불렀습니다. 언니는 일찌감치 잠들었는지 기척이 없더군요. 돌아갈까 할 즈음 방문이 열렸습니다. 언니는 나를 보고도 아무 말이 없었습니다. 언니의 손에는 돌멩이가 쥐어져 있더군요. 순간, 난 직감했습니다. 언니의 치마에 묻은 얼룩은 생리혈이 아니었습니다. 상처가 났을 때 살결에서 터져 나오는 그런 선홍빛 핏방울이었습니다.

언니, 지금도 언니의 헝클어진 머리칼이며 넋이 빠져나간 듯한 멍한 표정을 잊을 수가 없어요. 그렇게 몸마저 유린당했으니 어찌 그곳에 살 수 있겠어요? 나라도 언니처럼 뛰쳐나갔을 겁니다. 며칠 뒤 일본 순사들이 나를 찾아왔어요. 언니의 종적을 대라더군요. 미우라 상의 장롱에 있던 돈을 죄다 훔쳐 도망갔다고. 하지만 난 미우라 씨가 밤마다 언니를 괴롭혀 나간 것이라고 말하지 못했어요. 그들이 너무너무 무서웠거든요.

언니, 언니는 어디로 갔나요? 언니가 혹시 나타날까 봐 지금도 이렇게 가끔 밖으로 나서곤 한답니다. 오늘은 유모차에 의지해 기어이 미우라의 저택까지 오고 말았네요. 이곳도 엄청 변했답니다. 그 많던 배나무들은 사라지고 건물들이 들어서서 적산가옥마저 보이지 않을 정도가 되었으니까요. 미우라는 과수원을 헐값에 넘기고 도망치듯 제 나라로 돌아갔습니다. 그런데도 언니는 소식조차 없더군요. 언니의 삼촌인가 하는 양반이 언니를 찾아왔으니 고향에 간 것도 아니라면 언니는 도대체 어디로 간 것일까요? 언니, 내가 미욱한 년은 미욱한 년인가 봅니다. 어젯밤 꿈을 통해서야 언니가 어디 있는지 알아챘으니 말이죠. 언니는 처음부터 이곳을 떠난 적이 없었습니다. 아니, 떠나려야 떠날 수 없는 몸이었지요. 그렇지 않고서야 어찌 한 번도 날 찾아오지 않을 리 있겠습니까. 미우라는 자신의 죄를 숨기려 아주 깊은 곳에 언니를 묻었을지 모릅니다. 그렇지 않았다면 도망치듯 허겁지겁 일본으로 돌아가지 않았을 겁니다. 그러니 언니, 오늘은 내가 쓰러지더라도 과수원 일대를 샅샅이 뒤져볼 작정입니다. 혹시 압니까, 억울해 삭지 못한 언니의 뼈마디 하나가 오늘 불쑥, 고개를 내밀지요.

이상섭

1998년 국제신문 신춘문예, 2002년 창비신인소설상으로 등단했다. 소설집으로 『슬픔의 두께』 『그곳에는 눈물들이 모인다』 『바닷가 그집에서, 이틀』 『챔피언』이 있으며, 르포집 『굳세어라 국제시장』 『을숙도, 갈대숲을 거닐다』를 썼다. 2010년 백신애문학상, 2013년 봉생문화상을 수상했다. 현재 해운대관광고교 국어 교사로 근무 중이다.

:: 산지니 · 해피북미디어가 펴낸 큰글씨책 ::

문학

나는 장성택입니다(전2권) 정광모 소설집
우리들, 킴(전2권) 황은덕 소설집
거기서, 도란도란(전2권) 이상섭 팩션집
*2018 이주홍문학상 선정도서

폭식광대 권리 소설집
생각하는 사람들(전2권) 정영선 장편소설
삼겹살(전2권) 정형남 장편소설
1980(전2권) 노재열 장편소설
물의 시간(전2권) 정영선 장편소설
나는 나(전2권) 가네코 후미코 옥중수기
토스쿠(전2권) 정광모 장편소설
*2016 세종도서 문학나눔 선정도서

가을의 유머 박정선 장편소설
붉은 등, 닫힌 문, 출구 없음(전2권) 김비 장편소설

편지 정태규 창작집
*2015 세종도서 문학나눔 선정도서

진경산수 정형남 소설집
노루똥 정형남 소설집
유마도(전2권) 강남주 장편소설
*2018 대한출판문화협회 청소년도서

레드 아일랜드(전2권) 김유철 장편소설
화염의 탑(전2권) 후루카와 가오루 지음 | 조정민 옮김

감꽃 떨어질 때(전2권) 정형남 장편소설
*2014 세종도서 문학나눔 선정도서

칼춤(전2권) 김춘복 장편소설
목화-소설 문익점(전2권) 표성흠 장편소설
*2014 세종도서 문학나눔 선정도서

번개와 천둥(전2권) 이규정 장편소설
*2015 부산문화재단 우수도서

밤의 눈(전2권) 조갑상 장편소설
*제28회 만해문학상 수상작

사할린(전5권) 이규정 현장취재 장편소설
테하차피의 달 조갑상 소설집
*2011 이주홍문학상 수상도서

모녀5세대 이기숙 지음
무위능력 김종목 시조집
*2016 부산문화재단 올해의 문학 선정도서

금정산을 보냈다 최영철 시집
*2015 원북원부산 선정도서

인문

효 사상과 불교 도웅스님 지음
지역에서 행복하게 출판하기 강수걸 외 지음
재미있는 사찰이야기 한정갑 지음
귀농, 참 좋다 장병윤 지음
당당한 안녕-죽음을 배우다 이기숙 지음
한 권으로 읽는 중국문화 공봉진 · 이강인 · 조윤경 지음
*2010 문화체육관광부 우수학술도서

차의 책 The Book of Tea 오카쿠라 텐신 지음 | 정천구 옮김

불교(佛敎)와 마음 황성원 지음
논어, 그 일상의 정치(전5권)
중용, 어울림의 길(전3권)
맹자, 시대를 찌르다(전5권)
한비자, 난세의 통치학(전5권)
대학, 정치를 배우다(전4권)